★唐宋八大家名篇注译

韩愈散文

〔唐〕韩愈 著　胡欢 主编

黄河出版传媒集团
阳光出版社

图书在版编目（CIP）数据

韩愈散文 / 胡欢主编. —— 银川：阳光出版社，2016.9（2024.1重印）
（唐宋八大家名篇注译）
ISBN 978-7-5525-2925-8

Ⅰ.①韩… Ⅱ.①胡… Ⅲ.①韩愈（768-824）-古典散文-文学欣赏 Ⅳ.①I207.62

中国版本图书馆CIP数据核字(2016)第213786号

| 唐宋八大家名篇注译　韩愈散文 | 〔唐〕韩愈　著　胡欢　主编 |

责任编辑　　徐文佳
封面设计　　民谐文化
责任印制　　岳建宁

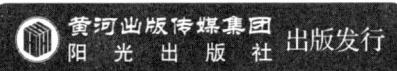

地　　址	宁夏银川市北京东路139号出版大厦（750001）
网　　址	http://www.ygchbs.com
网上书店	http://shop129132959.taobao.com
电子信箱	yangguangchubanshe@163.com
邮购电话	0951-5047283
经　　销	全国新华书店
印刷装订	永清县晔盛亚胶印有限公司
印刷委托书号	（宁）0027497

开　　本	710 mm×1000 mm　1/16
印　　张	8
字　　数	96千字
版　　次	2016年9月第1版
印　　次	2024年1月第2次印刷
书　　号	ISBN 978-7-5525-2925-8
定　　价	28.80元

版权所有　　翻印必究

前　言

　　唐宋八大家是指唐、宋两代八位著名的散文作家,他们分别是唐代的韩愈、柳宗元和宋代的欧阳修、苏洵、苏轼、苏辙、王安石、曾巩。因明代散文家茅坤收录了这八家的作品,辑为《唐宋八大家文钞》,"唐宋八大家"的名称从此便流传于世。

　　唐宋八大家散文在我国文学发展史上占有重要地位。它继承先秦两汉散文的优良传统,反对六朝以来的骈俪文风,发展并完善了古代散文的各种文体,影响了元、明、清各代散文创作,对当代散文创作也有重要的借鉴意义。

　　为了满足读者的阅读需要,让读者更好地理解唐宋八大家的作品,我们特编写了这套丛书。在选材上,我们选取的大多是能够代表唐宋八大家文学成就的散文精品。在内容安排上,每篇作品均配有"题解""注释""译文"。"题解"开宗明义,主要介绍作品的写作背景、主旨;"注释"翔实准确,以便帮助读者扫除文字障碍;"译文"通俗流畅,以直译为主,直译与意译结合,尽量做到逐字逐句,一一对应。

相信通过阅读此套丛书,能够帮助读者提高阅读古文的能力和欣赏古文的水平。由于所选多为名篇,部分已收入中学教材,对学生阅读、理解古文也有裨益。同时,真诚地希望广大读者对书中的纰漏和不妥之处提出批评和指正。

目 录

韩愈和他的散文	1
原　道	5
原　毁	13
获麟解	17
师　说	19
杂说一	22
杂说四	24
讳　辩	26
争臣论	30
论佛骨表	36
子产不毁乡校颂	42
圬者王承福传	45
送穷文	49
鳄鱼文	54
蓝田县丞厅壁记	57

送孟东野序	61
送董邵南序	65
送杨少尹序	67
送石处士序	70
送温处士赴河阳军序	73
应科目时与人书	76
上宰相书	78
后廿九日复上宰相书	85
与于襄阳书	89
答李翊书	92
祭十二郎文	97
南阳樊绍述墓志铭	103
试大理评事王君墓志铭	107
柳子厚墓志铭	112
柳州罗池庙碑	119

韩愈和他的散文

韩愈(公元768—824年),唐代文学家、思想家,字退之,河阳(今河南孟州市)人。自称昌黎(今河北卢龙县)人,因昌黎郡韩姓为望族,唐时门阀之见甚重,故他自托郡望,《旧唐书》因之直书他为昌黎人,世称昌黎先生。韩愈三岁成为孤儿,依靠长兄韩会抚养。韩会曾得宰相元载赏识,任起居舍人,大历十二年(公元777年)元载事发被赐自尽后,韩会受牵连贬为韶州刺史,全家随往韶州。不久韩会去世,嫂郑夫人携年纪尚幼的韩愈和养子老成扶灵柩回河阳安葬后,又遇建中三年的中原动乱,只得带着他们"就食于江南"别业(《见复志赋》)。在郑夫人督促下,他刻苦学习儒家经典和先秦两汉之书,勤奋写作尚古之文。贞元二年(公元786年),他"苦家贫,衣食不足"决定到长安求仕。他以为凭自己超群的才学和文章,考取进士并非难事。可是,在当时考卷不糊名的情况下,能否得中并不完全决定于文章才学。韩愈一无背景,自然不能一举登第,接连考了四次才于贞元八年考取。可是在吏部的博学宏词试中却又三次不能过关,一直未得授官。他不得不寄身镇帅,于贞元十二年应汴州刺史、宣武军节度使董晋的征聘,去汴州当了观察推官,董晋死后,又在徐州泗濠节度使张建封帐下当推官,抱负不得施展,过着"累累随行,役役逐队"的幕僚生活。直到贞元十七年(公元801年)他才得入仕长安。受封为四门博士。第二年被任命为监察御史。但不久,由于他"发言真率,无所畏避"(《旧唐书》),上数千言奏章极谏罢官市,触怒德宗皇帝,被贬为连州阳山县令。宪宗继位后召他回京任国子博士,后改任都官员外郎,不久又被罢为四门博士。他文声甚炽,却宦途多艰,于是作《进学解》以自喻。宰相李绛读后,对他的遭遇深表同情,推荐他当了比部郎中、史馆修撰。一年后转任考功郎中知制诰,拜中书舍人,没有多久遭不喜欢他的人诬陷,改任太子右庶子。元和八年奉诏作《平淮西碑》,元和十四年因上表谏阻宪宗迎佛骨之举,触上怒,皇帝欲对他加以严惩,得裴度、崔群说情及朝中大臣、国戚劝谏,才将他贬为潮州刺史。到达潮州后,他上表宪宗陈诉沿途的艰辛困苦,哀婉乞恳,宪宗览表,有复用之意,又遭皇甫镈坏事,改授袁州刺史。贞元十五年奉调回京任国子祭酒,转迁兵部侍郎,后改任吏部侍郎。长庆四年(公元824年)十二月病逝,享年五十七岁。追赠礼部尚书,谥曰文,所以称韩文公。

韩愈是唐代古文运动的积极倡导者。他在古文的理论建设方面作出了杰出的贡献。在《送孟东野序》里,提出了文学与社会的关系问题。文中列举了从上古到魏、晋、六朝文学和学术的历史现象,说明不同时代会产生不同的文学和学术思想,而这些文学家和思想家之所以不朽,就是因为他们善鸣。"善鸣"可以理解为表现了时代精神。文中还提出了"凡物不得其平则鸣"。"人之于言也亦然,有不得已者而后言,其歌也有思,其哭也有怀。凡出乎口而为声者,其皆有弗平者乎!"强调必须有真情实感才能写出好作品。所以,从孟郊离京的事来说,他既为孟郊临近垂暮之年还得远途劳顿而不忍,但又从此去可以丰富生活见闻体验,有利于写出好作品而为之高兴。在《荆潭唱和诗序》里,进一步阐述了文学和社会生活体验的关系。在《答刘正夫书》中,提出"师古圣贤人。"指出师古人意在"师其意,不师其辞。"断言说:"以古圣贤人为法者,虽未必皆是,要若有司马相如、太史公、刘向、扬雄之徒出,必自于此。"而圣人之道,就是"能自树立不因循者也。"《答李翊书》则是文论中有代表性的一篇。

《答李翊书》首先提出学习古文要以立行为本,立言为表,"仁义之人,其言蔼如",要取得文字上的成就,必须从加强道德修养入手,因为道与文是统一的。而对学习古文,达到道文统一提出必须经过三个步骤:1.广泛阅读前人的作品,牢记圣人的思想,写作时必须去掉陈旧的思想命意和言词;2.识别古书中所载道的真伪,在写作时去掉内容上和言词中的杂、伪部分;3.永远坚持道德修养和读书,不要急于求成,不要受现实利益的诱惑,不以时人的毁誉为转移。文中还提出了写古文要以气势为先的问题,把气势与语言的关系比作水与浮物的关系。强调"气盛则言之短长与声之高下者皆宜"。指出古文形式自由,言有长短,随内容的需要而变化,不像骈文受对偶形式的束缚。

他是一位划时代的文学理论家,他关于"道"和"文"统一的学说,给曾经统治了几个世纪的极端形式主义的骈体文敲起了丧钟,吹起了文学启蒙的新时代的号角。(郭绍虞《中国文学批评史》)

韩愈自己身体力行实践自己的文学主张,写出了开一代新风的许多优秀作品。他创造了一种有别于骈文,也有别于在他之前用于实际功利的散文,并将这种文体提高到了真正的文学境界。从此散文被公认为是一种文学样式。对后世起着深远影响。他的散文大都达到了思想内容与艺术形式的高度统一。在他的散文中反映出了中唐时代错综复杂的社会状况和各阶级、阶层的生活图景,揭露了统治阶级内部的深刻矛盾,揭示了大小官吏中的尸位素餐者,作威作福、剥削人民者,同时也歌颂了一些为人民做好事,关心人民疾苦的好官。还反映了封建制度对人才的埋没、士人的无奈和不满。总之他的文章内容与现实生活密切相关,即便是从为个人求职而给权势者写的书信中,也反映出了官僚制度的腐败和怀才不遇者的愤懑。他观察生活,评判是非,表现美好,揭示丑恶,衡量一切的尺度是儒家的正统思想,有的文章直接就是儒家思想的阐释。所以他的散文的思想内容也具有时代的局限性。如为封建君权辩护、宣扬君权至上(《原道》)、宣扬"劳心者治人,劳力者治于人"(《圬者王承福传》)的观点,以及在许多求职书中反映出热衷于功名利禄迹象。

韩愈的散文在艺术上取得很大成就。《新唐书·韩愈传》称他的散文"刊落陈言,横骛别驱,汪洋大肆"。苏洵评说他的文章"如长江大河,浑浩流转,鱼鼋蛟龙,万怪惶惑,而抑遏蔽掩,不使自露,而人望见其渊然之光,苍然之色,亦自畏避,不敢迫视",赞扬了韩文的雄奇。他的论说文善于引用史事来阐述抽象事理,把枯燥乏味的道理写得生动,具有说服力;善于层层推进,深入质辩,把比较复杂的问题,由浅入深地加以剖析;善于通过对比和比喻阐明事理;还善于"抑遏掩蔽",先掩蔽自己的观点,然后通过转折,抓住题旨,进行分析得出结论。他的记叙文,无论是写景、叙事还是记人,都能根据不同题材和题旨,运用恰当的表现手法和生动简练的语言(即他所提出的"辞事相称"的理论)来巧妙地写成。许多作品表现出高度的艺术技巧,脍炙人口。

《旧唐书》说,韩愈写文章必"自成一家新语,后学之士取为师法。当时作者甚众,无以过之,故世称韩文焉"。宋代大文学家称赞他"文起八代之衰",可见韩愈文章在文学史上的重要地位。

原　道

【题解】

原道即是探求儒家的仁义道德的根本,用以排斥佛教、老子的学说。唐代宗教盛行,奉道教为国教,尊老子为始祖,对佛教也大力提倡。中唐时,大批的佛、道教徒脱离生产,占有大量庙产,享受免赋税、免徭役等特权,成为剥削阶级中的一部分。韩愈写此文旨在阐释儒家的道德观,以抨击佛教、老子的脱离实际、空洞无物的道德论,宗教活动严重影响国计民生,有一定现实意义。但本文中对儒家所强调的"劳心者治人,劳力者治于人"的等级观念有进一步发挥,对少数民族也没有正确的认识。当然这也是由于他的阶级和历史局限所致。

写作技巧上,文章结构严谨,首尾照应。排比句迭出,气势浩大如大江奔涌。

【原文】

博爱之谓仁[1],行而宜之[2]之谓义,由是而之焉之谓道[3],足乎己,无待于外之谓德[4]。仁与义为定名[5],道与德为虚位[6]。故道有君子小人[7],而德有凶有吉[8]。老子之小仁义,非毁之也,其见者小也[9]。坐井而观天,曰天小者,非天小也。彼以煦煦[10]为仁,孑孑[11]为义,其小之也则宜。其所谓道,道其所道,非吾所谓道也[12];其所谓德,德其所德,非吾所谓德也[13]。凡吾所谓道德云者,合[14]仁与义言之也,天下之公言也。老子之所谓道德云者,去仁与义言之也,一人之私言也。

周道衰,孔子没,火于秦[15],黄、老于汉[16],佛于晋、魏、梁、隋之间[17]。其言道德仁义者，不入于杨，则入于墨[18]；不入于老，则入于佛[19]。入于彼，必出于此[20]。入者主之，出者奴之；入者附之，出者污[21]之。噫！后之人其欲闻仁义道德之说，孰[22]从而听之？老者曰："孔子，吾师之弟子也[23]。"佛者曰："孔子，吾师之弟子也[24]。"为孔子者[25]，习闻其说[26]，乐其诞[27]而自小也，亦曰："吾师亦尝师之云尔。"不惟举之于其口，而又笔[28]之于其书。噫！后之人虽欲闻仁义道德之说，其孰从而求之？甚矣，人之好怪[29]也！不求其端，不讯其末[30]，惟怪之欲闻。古之为民者四[31]，今之为民者六[32]；古之教者处其一[33]，今之教者处其三[34]。农之家一，而食粟之家六；工之家一，而用器之家六；贾之家一，而资焉之家六。奈之何民不穷且盗也！

　　古之时，人之害多矣。有圣人者立，然后教之以相生养[35]之道，为之君，为之师，驱其虫、蛇、禽兽而处之中土。寒然后为之衣，饥而后为之食。木处而颠[36]，土处而病[37]也，然后为之宫室。为之工，以赡[38]其器用；为之贾，以通[39]其有无；为之医药，以济[40]其夭死；为之葬埋祭祀，以长[41]其恩爱；为之礼，以次[42]其先后；为之乐，以宣其壹郁[43]；为之政，以率[44]其怠倦；为之刑，以锄其强梗[45]。相欺也，为之符玺、斗斛、权衡以信[46]之；相夺也，为之城郭、甲兵以守之。害至而为之备，患生而为之防。今其言曰："圣人不死，大盗不止。剖斗折衡，而民不争[47]。"呜呼！其亦不思而已矣！如古之无圣人，人之类灭久矣。何也？无羽毛、鳞介以居寒热也，无爪牙以争食也。是故君者，出令者也；臣者，行君之令而致之民者也；民者，出粟米麻丝，作器皿，通货财，以事其上者也。君不出令，则失其所以为君；臣不行君之令而致之民，则失其所以为臣；民不出粟米麻丝，作器皿，通货财，以事其上，则诛。今其法曰："必弃而君臣，去而父子，禁而相生养之道。"以求其所谓清净寂灭者[48]。呜呼！其亦幸而出于三代之后，不见黜于禹、汤、文、武、周公、孔子也。其亦不幸而不出于三代之前，不见正[49]于禹、汤、文、武、周公、孔子也。

帝之与王[50]，其号名虽殊，其所以为圣一也。夏葛而冬裘，渴饮而饥食，其事殊，其所以为智一也。今其言[51]曰："曷不为太古之无事[52]？"是亦责冬之裘者曰："曷不为葛之之易也？"责饥之食者曰："曷不为饮之之易也？"传[53]曰："古之欲明明德[54]于天下者，先治其国；欲治其国者，先齐其家；欲齐其家者，先修其身；欲修其身者，先正其心；欲正其心者，先诚其意。"然则古之所谓正心而诚意者，将以有为也。今也欲治其心[55]，而外天下国家，灭其天常，子焉而不父其父，臣焉而不君其君，民焉而不事其事。孔子之作《春秋》也，诸侯用夷礼，则夷之[56]。进于中国，则中国之[57]。经曰："夷狄之有君，不如诸夏之亡[58]也。"诗曰："戎狄是膺，荆舒是惩[59]。"今也举夷狄之法，而加之先王之教之上，几何其不胥[60]而为夷也。

夫所谓先王之教者，何也？博爱之谓仁，行而宜之之谓义，由是而之焉之谓道，足乎己，无待于外之谓德。其文：《诗》《书》《易》《春秋》；其法：[61]礼、乐、刑、政；其民：士、农、工、贾；其位：君臣、父子、师友、宾主、昆弟、夫妇；其服：麻丝；其居：宫室；其食：粟米、果蔬、鱼肉。其为道[62]易明，而其为教[63]易行也。是故以之为己，则顺而祥；以之为人，则爱而公；以之为心，则和而平；以之为天下国家，无所处而不当。是故生则得其情，死则尽其常；郊焉而天神假[64]，庙焉而人鬼飨[65]。曰："斯道也，何[66]道也？"曰："斯吾所谓道也，非向所谓老与佛之道也。尧以是[67]传之舜，舜以是传之禹，禹以是传之汤，汤以是传之文、武、周公，文、武、周公传之孔子，孔子传之孟轲。轲之死，不得其传焉。荀与扬也，择焉而不精，语焉而不详[68]。由周公而上，上而为君，故其事行；由周公而下，下而为臣，故其说长[69]。

然则,如之何而可也?曰:"不塞不流,不止不行[70]。人其人,火其书,庐其居[71],明先王之道以道之,鳏、寡、孤、独、废、疾者有养也。其亦庶乎[72]其可也。"

【注释】

[1]博爱:广泛的爱、兼爱。孔子的学生樊迟问什么是仁,孔子说:"爱人。"《孟子·离娄下》也说:"仁者爱人。"[2]宜之:适宜,符合人情。[3]"由是"句:朝着仁义去做就是道。[4]"足乎己"二句:自己有了足够的修养,不尊显外表就是德。[5]定名:指科举考试榜上有名。此处指儒家所说道德是以仁义为具体内容的。[6]虚位:抽象的,可以作不同解释的。[7]故道有君子小人:道有君子之道与小人之道。《易经·泰·彖传》:"君子道长,小人道消也,小人道消也。"道德是一种意识形态,是对社会成员起约束作用的准则。先秦不同学派有不同的道德观。[8]德有凶有吉:《左传·文公十八年》:"孝、敬、忠、信为吉德,盗、贼、藏、奸为凶德。"[9]"老子之小仁义"三句:老子,即李耳,又称老聃,春秋时思想家,道家思想的创始人。小,小看。毁,毁谤。见者,看到的。[10]煦煦:和悦、恭顺貌。[11]孑孑:琐屑细小的样子。[12]"其所谓道"三句:他所说的道,是讲他的主张,不是我所说的道。[13]"其所谓德"三句:句式与上句同。老子书又名《道德经》,大旨归于无为自化。[14]合:包含在内。[15]火于秦:秦始皇采纳李斯奏议,焚烧百家之书。[16]黄:黄帝。老:老子。汉初盛行黄、老之学(即道家之家)。文帝、景帝、窦太后至王室宗亲、名臣名将以至处士盖公等皆崇尚它。[17]佛:佛学。魏、晋至梁、隋的时候佛学盛行。魏时有人剃发为僧。梁武帝信奉佛法,佛教大为盛行;隋文帝开皇元年,普诏天下,听任百姓出家为僧,并按人口派捐修建庙宇,塑造佛像。[18]杨:杨朱,战国时期思想家,道家创始人之一。主张听任自然。墨:墨翟,战国时思想家,墨家创始人。主张兼爱、非攻。战国时杨墨学说非常盛行。[19]这句指两汉以来,老、佛学说盛行。[20]彼:指佛老之说。此:指先王之道(即儒家学说)。[21]污:污蔑。[22]孰:谁。[23]《庄子·天运》:"孔子行年五十一而不闻道,乃南之沛见老聃。"另葛洪《神仙传》也有孔子师事老子事。[24]唐僧法琳《破邪论》引《清净法行经》说:"佛遣三弟子震旦(即支那)教化:儒童菩萨,彼称孔子;光净菩萨,彼称颜回;摩诃迦叶,彼称老子。"[25]为孔子者:信奉孔子的人。[26]习闻其说:听惯了这种学法。[27]诞:荒唐,荒诞,欺诈。[28]举:称述。笔:书写。[29]好:爱好。怪:怪诞。[30]求:探求。端:开始,原委。讯:问。末:结果。[31]古之为民者四:指士、农、工、商。[32]今之为民者六:指士、农、工、商、僧、道。[33]古之教者:指士。教者:教化百姓的人。[34]今之教者:指士、僧、道。古时不从事体力劳动的只占四分之一,现在却占了六分之三。[35]生养:生存,养育。[36]木处而颠:住在树上怕摔下

来。[37]土处:居洞穴。病:生病。[38]赡:供给。[39]贾:商人,经商。通:流通,交换。[40]济:帮助,挽救。[41]长:延续。[42]次:顺序,作动词。[43]宣:疏散,宣泄,排解。壹郁:忧郁。[44]政:此处指行政管理。率:督促,带动。[45]刑:刑法。锄:灭除。强梗:强横霸道。[46]符玺:印信,权力的标志。斗:口大底小的方形量器。斛:量器,古代十斗为一斛。权衡:秤、量器。权:秤锤。衡:秤杆。信:信从。[47]此四句见《庄子·胠箧》。《老子》中也有相类似的说法。[48]今其法:指佛法。清净、寂灭:佛教的教义。清净,指远离罪恶与烦恼。寂灭,佛教语,"涅槃"的意思,即超脱一切境界,入于不生不灭之门。[49]三代:指夏、商、周。黜:贬斥,废黜。见正:被纠正。[50]帝:指尧帝、舜帝。王:指大禹、商汤、周文王、周武王。[51]其言:指庄老之言。[52]曷:为什么。无事:无为而治。[53]传:泛指儒家之书。此处引《礼记·大学》。[54]明:动词,发扬,使彰明。明德:完美的、善良的德性。[55]指佛老学说也讲端正心思,教化人心。[56]夷:指汉族以外的民族。夷之:将他们当夷族看待。[57]中国:此地指汉族。中国之:将他们当中国人(汉人)看待。[58]此二句见《论语·八佾》。邢昺疏:"言夷狄虽有君长而无礼义,中国虽偶无君,若周、召共和之年,而礼义不废。"《论语》为《诗》《书》《礼》《乐》《易》《春秋》《论语》七经之一,所以称经曰。夷狄:指外族。诸夏:指中国(汉族地区)。[59]诗:指《诗经》。这二句见《诗经·鲁颂·閟宫》。膺:攻击,抵抗。惩:惩罚。[60]几何:相去几多,即相去不远的意思。胥:皆,都。[61]其法:指儒家治国的方法。[62]道:指先王之道,儒家之道。[63]教:教诲。[64]郊:祭天。假:赐予,给予。[65]庙:祭祖庙。飨:享受。[66]斯:这个。何:什么。[67]:是:指示代词,指代儒家之道,先王之道。[68]荀:荀卿(况)。扬:扬雄。精:精当。详:详细。[69]说长:说,学说。长:绵延、留传。[70]塞:阻塞。流:流传。止:禁,废止。行:流行。[71]人其人:使僧道还俗。火其书:焚烧佛老的书。庐其居:将寺庙、道观改为民宅。[72]庶乎:差不多,相近。

【译文】

兼爱大众叫做仁,做事符合人情事理叫作义,朝着仁和义的含义去做就是道,自己有了足够的道德修养,不需要尊显外表就是德。仁和义是具有实际内容的,而道与德却是可以做不同解释的,所以道有君子之道与小人之道之别,德有凶德和吉德之分。老子轻视仁义,不是要诋毁仁义,而是他所看到的仁义很渺小。坐在井里看天,说天小,其实不是天小。老子把态度的恭顺婉和看作仁,把做点琐屑细小的好事当作义,他轻视仁义就是当然的了。他所说的道,是讲他的主张,并不是我所说的道;他所讲的德,是讲他认为的德,并不是我所说的德。凡是我所说的道德,是包含着仁和义在内的,这是天下的公论。老子所说的道德,是抽掉了仁和义的实际内容的,这是他一人的主张罢了。

　　周公之道衰微,孔子死了,秦始皇焚烧了百家之书,黄、老学说盛行于汉代,佛学盛行于晋、魏、梁、隋之间。于是那些讲道德仁义的人,不是归附杨朱,就是归附墨翟;不是归属老子,就是归属佛学。归属于佛道,必然排斥儒家,归属佛道就把佛道看作主人,排斥儒家就把儒家看作奴仆;归属佛道就必然附和佛道之说,排斥儒家就必然污蔑儒学。唉!后世的人想听仁义道德学说,到底听谁的呢?崇尚老子的人说:"孔子,是我老师的弟子。"崇尚佛家的人说:"孔子,是我老师的弟子。"信仰孔子的人,听惯了这种话,乐于以这种荒诞的话而自谦,也说:"我们的老师是曾经向老子、佛家学习过呢。"不仅称述在嘴上,而且还写在书上。唉!后世的人想要听到仁义道德的学说,他们从谁那里去探求呢?太过分了,人们的爱好、怪诞之说!不探求它的开始,不询问它的结果;只要是怪诞之说就想听。古时候老百姓有四种,现在老百姓有六种;古时候教化老百姓的人只有一家,现在教化老百姓的人占三家。从事农业劳动的只占一家,消耗粮食的有六家;做工的只一家;使用器物的有六家;买卖人只一家,需要物资的有六家。这样一来怎么能使老百姓不贫穷不去偷呢!

　　古代时,人的灾害多得很。有圣人出来,然后教他们生存养育的办法,做他们的君主,做他们的老师,驱逐走虫、蛇、禽兽让他们居住在中原,寒冷了给他们衣服,饥饿了给他们食物,住在树上怕他们摔下来,住在洞里怕他们生病,就给他们建房屋。让他们做工,以供给使用的器物;让他们做买卖,以便互通有无;让他们学医找药,以便帮助生命垂危的人;让他们学会埋葬和祭祀,以便延续亲情;让他们学礼仪,以便懂得长幼先后次序;让他们知音乐,以便排遣心中的忧郁;给他们进行行政管理,以便带动懒惰懈怠的人;给他们制订刑法,以便灭除强横梗阻的人。为防止互相欺骗,给他们制作符玺、斗斛、权衡共同遵守;为防止互相争夺,给他们建筑城廓、设兵甲守护。祸害到来为他们早做了准备,患难发生给他们先做了预防。现在《老子》的书上说:"圣人如果不死,大盗就不会终止。破开斗折断秤,老百姓就不会相争了。"唉!他这也是没有好好想一想罢了!如果古代没有圣人,人类早就灭亡了。为什么呢?因为没有圣人就没有皮毛、鳞甲来抵御天气的冷暖,没有工具去夺取食物。所以,君主,是发布命令的;臣子,是奉行君主的命令而施行到老百姓的;老百姓,是提供粮食和丝麻,制作器皿,做买卖流通货物,来侍奉统治者的。如果君主不发布命令,就失去他做君主的职责;臣子不奉行君主的命令去施之于民众,就失去了他做臣子的职责;老百姓不提供粮食丝麻,不制作器皿,不做买卖来侍奉统治者,就要受到责罚。现在的佛法说:"一定要抛开君臣之礼,父子之道,禁止相生养的道德。"以此来求得所谓的"清净""寂灭"。唉呀!这种谬论幸而出现在夏、商、周三代之后,不会被禹、汤、文、武、周公、孔子所贬斥。这种谬论也不幸而不出现在夏、商、周之前,不能得到禹、汤、文、武、周公、孔子的纠正指教。

尧和舜称帝,禹、汤、文、武称王,名号虽不同,但他们所以成为圣人是一样的。夏天穿麻布冬天穿皮袄,渴了饮饥了食,这些事虽然不同,这样做的聪明却是一致的。现在,《老子》却说:"为什么不像远古时候那样无为而治呢?"这实际是在责怪冬天穿皮袄的人说:"为什么不像穿麻布的那样简便容易呢?"责问饥饿的人说:"为什么不像饮水的那样简单容易呢?"《礼记·大学》里说:"古时候想要发扬美德于天下的人,先要治理好他的邦国;要想治理好他的邦国,先要安定他的家族;要想安定家族,先要修养自己的品性;要修养自己的品性,先要端正自己的心思;要端正心思,先要使自己的意念真诚。"所以古时所说的正心诚意的人,是将要有所作为呢。现在崇尚佛教老子的人也想端正心思,但却把国家置之度外,灭绝伦理纲常,儿子不把他的父亲当父亲,臣子不把他的君主当君主,民众不从事他们应做好的事情。孔子在写作《春秋》时,凡中国(指汉族)诸侯使用外族规矩礼节的,就把他当外族。而外族的人能仰慕、实行中国规矩礼节的,就把他当中国看待。《论语》说:"外族虽然有君长,不如中国的没有国君。"《诗经》说:"要攻击夷狄,要惩罚荆楚。"现在却要把夷狄的办法,加在先王的教导之上,这样岂不是大家都要去做夷人吗?

我所说的先王的教导是什么呢?兼爱大众叫作仁,做事符合人情事理叫作义。朝着仁和义的含义去做就是道,自己有了足够的道德修养,不需要尊显外表就是德。先王的教导著于文字的是:《诗经》《书经》《易经》《春秋》;治国的方法是:礼节、音乐、刑法、政治;所指的民众是:士人、农人、工人、商人,所分的名位是:君臣、父子、师友、宾主、兄弟、夫妇;穿的衣服是麻布、丝绸；住的是宫室；吃的是小米、大米、水果、蔬菜、鱼、肉。先王的道理容易明白，他的教导也容易实行。因此，用来要求自己，就和顺而吉祥；用来治人，就仁爱而公正；用来治心，就和平而舒畅；用来治理天下国家，就没有什么处理不恰当。所以，人活着能够得到他的一份情感，死了也竭尽了他的伦常；祭天神而使天神赐予，祭祖宗而使祖宗享受。有人问："这种道，是什么道啊？"回答是："这个道就是我所说的道，不是近来所说的老子与佛家的道。"尧以此道传给舜，舜以此道传给禹，禹以此道传给汤，汤以此道传给文王、武王、周公，文、武、周公传给孔子，孔子传给孟子。孟子死后，此道就没有传下来了，荀卿和扬雄，选择得不精细，说明又不详细。从周公以上的圣人，在上做君长，所以能按照先王之道去行事；由周公以下，在下做臣子，所以他们著书立说使道留传。

那么，怎么做才可以呢？我说："佛老的谬论不阻塞，先王之道就不得流传，佛老的道不废止，圣人之道就不通行。应该使僧、道还俗为一般百姓，尽他应尽的义务，应该烧毁佛老的书，使他们的学说不得流传，应该把寺院、道观改为民居，阐明先王的道来教导他们，让鳏夫、寡妇、孤儿、残废者、患病者有依靠得到抚养。这样做大概可以了吧。"

原　毁

【题解】

原毁即是论说毁谤的根由。文章从"责己""待人"两方面以古与今作对比,抨击中唐社会风气的败坏,士人间互相排挤,毁谤他人,其根源在于"怠"与"忌"。

本文通篇运用排比,以人物的话具体描述了"古之君子"与"今之君子"对人对己迥然不同的态度,把论说文写得形象具体,浅显明白。文章结构紧凑,最后点明题旨:毁谤者根由在于"怠"与"忌"。

【原文】

古之君子[1],其责己也重以周[2],其待人也轻以约[3]。重以周,故不怠[4];轻以约,故人乐为善[5],闻古之人有舜[6]者,其为人也,仁义人也[7];求其所以为舜者[8],责于己曰:"彼,人也;予,人也。彼能是,而我乃不能是[9]!"早夜以思,去其不如舜者,就[10]其如舜者。闻古之人有周公者,其为人也,多才与艺人也[11];求其所以为周公者,责于己曰:"彼,人也;予,人也。彼能是,而我乃不能是!"早夜以思,去其不如周公者,就其如周公者。舜,大圣人也,后世无及[12]焉;周公,大圣人也,后世无及焉;是人也,乃曰:"不如舜,不如周公,吾之病[13]也。是不亦责于身者,重以周乎! 其于人也,曰:"彼,人也,能有是,是足为良人矣;能善是,是足为艺人矣。"取其一,不责其二;即[14]其新,不究其旧;恐恐然[15]惟惧其人之不得为善之利。一善易修也,一艺易能[16]也。其于人也[17],乃曰:"能有是,是亦足矣。"曰:"能善是[18],是亦足矣。"不亦待于人者轻以约乎？

今之君子则不然，其责人也详[19]，其待己也廉[20]。详，故人难于为善；廉，故自取[21]也少。己未有善，曰："我善是，是亦足矣。"己未有能，曰："我能是，是亦足矣。"外以欺于人，内以欺于心，未少有得而止矣，不亦待其身者已廉乎[22]？其于人也，曰："彼虽能是，其人不足称也；彼虽善是，其用不足称也。"举其一，不计[23]其十；究其旧，不图[24]其新；恐恐然惟惧其人之有闻[25]也。是不亦责于人者已详[26]乎！夫是之谓[27]不以众人待其身，而以圣人望[28]于人，吾未见其尊己也！

虽然，为是者有本有原[29]，怠与忌[30]之谓也。怠者不能修，而忌者畏人修。吾常试之矣，曾试语于众曰："某良士，某良士。"其应者，必其人之与[31]也；不然，则其所疏远不与同其利者[32]也；不然，则其畏[33]也。不若是，强者必怒于言，懦者必怒于色矣。又尝语于众曰："某非良士，某非良士[34]。"其不应者，必其人之与也；不然，则其所疏远不与同其利者也；不然，则其畏也。不若是，强者必说[35]于言，懦者必说于色矣。是故事修而谤兴，德高而毁来。呜呼！士之处此世，而望名誉之光[36]，道德之行，难矣！

将有作于上[37]者，得吾说而存之[38]，其国家可几而理欤[39]！

【注释】

[1]君子：对有地位的男子的通称，或指有道德修养的人。[2]重以周：严格而全面。[3]轻以约：宽厚而简略。[4]怠：怠惰。[5]为善：做好事。[6]舜：传说中父系氏族社会后期部落联盟的领袖。姚姓，有虞氏，名重华，史称虞舜。尧去世后继帝位，是一位贤明的帝王。[7]仁义人也：有仁义道德的人。《孟子·离娄下》说："舜明于庶物，察于人伦，由仁义行，非行仁义也。"[8]求：探求，寻求。其：他，指舜。为：成为。者：的原因。[9]彼：他。予：我。是：这样。[10]去：去掉，除去。就：归，趋，仿效。[11]周公：西周初年政治家，姬姓，周武王的弟弟，名旦，称为旦叔。曾助武王灭商，武王过世后，他摄政辅佐成王，平定管叔、蔡叔、霍叔叛乱，大规模分封诸侯。相传他制礼作乐，建立典章制度，故称多才多艺。[12]圣人：指道德智能极高的人，儒家把"圣"神秘化，有"不学而能，不学而

知"的意思。及:达到。[13]病:缺陷,毛病。[14]即:赶得上。[15]恐恐然:惶恐不安。[16]修:养成,达到。能:学会,掌握。[17]其于人也:他对待别人。[18]能有是:能够有这种(优点)。能善是:能够擅长这种(技艺)。[19]详:详尽、周备,求全责备、吹毛求疵的意思。[20]廉:少、简单、随便,要求不高的意思。[21]自取:自己得到的。[22]不亦待其身者已廉乎:这不就是对自己要求太低了吗? 亦:也是。已:太。[23]举:抓住。计:考虑,计较。[24]究:追究。图:考虑。[25]闻:声望,名望。[26]已详:太苛刻,太挑剔。[27]夫:语首助词。是之谓:这就叫作。[28]望:要求。[29]为是者:这样做的人。有本有原:有根有源。[30]怠:懈怠。忌:妒忌。[31]应者:附和的人。与:朋友。[32]不与同其利者:同他没有利害关系的人。[33]畏:惧怕,畏惧。[34]良士:贤良的人。[35]说:同"悦",高兴、喜悦。[36]光:光大。[37]将:将要。于:居。上:上位。[38]存之:留心它,牢记它。[39]几:差不多。理:治理。欤:语气词,表示感叹。

【译文】

　　古时候的有才德的人,他们检讨自己严格而全面,他们对待别人却宽厚而平易。要求自己严格全面,所以不懈怠;对待别人宽厚而平易,所以别人乐于做好事。(他们)听说古代有位叫舜的人,他的为人,是有仁义道德的人;(他们)就探求舜所以成为舜的原因,要求自己说:"他,是个人;我,也是个人。他能做到这样,我竟不能做到这样!"于是,早晚思索,去掉自己身上不如舜的缺点,发扬自己如同舜的优点。听说古时候有位周公,他的为人,是位多才多艺的人;(他们)就探求周公所以成为周公的道理,要求自己说:"他,是个人,我,也是个人。他能做到这样,我竟不能这样!"于是,早晚思索,去掉自己身上不如周公的缺点,发扬与周公相似的优点。舜,是位大圣人,后世没有人比得上他;周公,是位大圣人,后世也没有人比得上他;这些君子却说:"不如舜,不如周公,这就是我的缺点。"这不是要求自己严格又全面吗? 他们对于别人,就说:"他,是个凡人,能有这样的优点,就足够称作贤良的人了;能够擅长做这事,就足够称作有本领的人了。"(他们)只要求别人的一点长处,而不求全责备别人的短处;只重视别人的现在,而不追究别人的过去;提心吊胆地只怕别人做了好事得不到益处。一件好事是容易做到的,一种技能也是容易学会的,他们对待别人时却说:"能有这个优点,就足够了。"又说:"能有这种本领,就足够了。"这不是对待别人太宽厚平易了吗?

　　现在的君子却不是这样,他们要求别人求全责备,对待自己却要求不高所以别人就难于做到好的程度；要求不高，自己得益就少。自己没有多少优点，却说："我优点这样多，已经足够了。"自己没有什么本领，却说："我本领这样高，已经足够了。"对外以它欺骗别人，对内以它欺骗良心，还没有一点成就就止步不前，这不是对自己要求太低了吗？这种人对待别人，却说："他虽然有这个优点，但他的人品不值得称赞；他虽然有这点本事，但他的技艺不值得称赞。"抓住别人的一点过错，不管别人的许多优点；追究别人的过去，不看别人的现在；忧心忡忡唯恐别人出名。这不是对别人太求全责备了吗？这就叫作不以对一般人的要求来要求自己，却以圣人的标准来苛求别人，我看不出他这是尊重自己呢。

虽然这样说，但这样做的人是有根源的。这根源就是懈怠和妒忌。懈怠的人不肯努力提高，而妒忌的人害怕别人进步。我曾经试验过，曾经试着对大家说："某人是贤良的人，某人是贤良的人。"那些随声附和的人，必定是某人的朋友；要不然，就是与某人很疏远，没有利害关系的人；再不然，就是害怕他的人。如果不是这样，强硬的人就会在话语中表示出愤怒，胆小的人就会在脸色上表现出愤怒了，又曾经对众人说："某人不是贤良的人，某人不是贤良的人。"那些不随声附和的人，必定是某人的朋友；要不，就是与某人不接近，没有利害关系的人；再不，就是畏惧某人的人。不是这样，强硬的人必然说出高兴的话，胆小的人必然喜形于色。所以一个人事业有了成就，毁谤他的话就出现了，道德高尚了，毁坏他名誉的话也就随着来了。唉！读书人处在这样的情形下，想要光大名誉，传播道德，难了！

那些想要有所作为的居上位的人，应该把我的话记在心里，这样，他的国家差不多可以治理好了吧！

获麟解

【题解】

《获麟解》是一篇以物喻意的小品。麟,即麒麟。传说头有一角,身像獐子,全身有鳞甲,有尾。历来认为麟出现象征祥瑞。韩愈在此文中,借议论麟的出现是否吉祥,抒发自己怀才不遇的愤懑和无奈。文中显然是将麒麟比作贤臣,将"圣人"比作明君,隐晦地道出二者的关系。

【原文】

麟之为灵,昭昭也。咏于《诗》[1],书于《春秋》[2],杂出于传记、百家[3]之书。虽妇人小子,皆知其为祥[4]也。然麟之为物,不畜于家,不恒有于天下,其为形也不类,非若马、牛、犬、豕、豺狼、麋鹿然。然则虽有麟,不可知其为麟也。角者吾知其为牛,鬣[5]者吾知其为马,犬、豕、豺狼、麋鹿,吾知其为犬、豕、豺狼、麋鹿。惟麟也,不可知。不可知,则其谓之不祥也亦宜。

虽然,麟之出,必有圣人在乎位,麟为圣人出也。圣人者,必知麟。麟之果不为不祥也。

又曰:"麟之所以为麟者,以德不以形。"若麟之出不待圣人,则谓之不祥也亦宜。

【注释】

[1]咏于《诗》:《诗经·周南》有《麟有趾》篇。[2]《春秋》:相传是孔子根据鲁史撰写的一部编年体史书。起自鲁隐公元年,鲁哀公十四年,"西狩获麟",孔子认为麟出非时,于是搁笔,不再将《春秋》写下去。[3]传记:历史传记。百家:指诸子百家。[4]祥:吉祥,

祥瑞。[5]鬣:马、狮子等兽类颈上长毛。

【译文】

  麒麟是神灵的动物,这是很明白的了,(这一点)《诗经》里有歌咏,《春秋》里有记载,历史传记和诸子百家中也屡屡谈到。即使是妇人小孩,都知道它是吉祥物。但是麒麟这种动物,不是豢养在家里,也不常见于天下,它的形状也与别的动物不同,不和马、牛、狗、猪、豺狼、麋鹿一样。那么虽然有麒麟,也不能知道它是麒麟。有角的我知道它是牛,颈上长长毛的我知道它是马,狗、猪、豺狼、麋鹿我知道它们是狗、猪、豺狼、麋鹿,只有麒麟不知道,不知道它,那么说它是不吉祥的动物也是可以的。

  虽然是这样,但麒麟的出现,必定有圣人在位,麒麟是为圣人出现的。称得上圣人的人,必定知道麒麟。(所以)麒麟果然不是不吉祥的动物。

  又或者说:"麒麟之所以成为麒麟这样吉祥的动物,是因为它的道德品行而不是因为它的形状。"(但是)假若麒麟的出现没有等待到圣人在位,那么说它是不祥的动物也是可以的。

师　说

【题解】

　　这是韩愈论述教育观的一篇重要文章,他针对当时社会上耻于从师的不良风气,从理论上说明了老师的作用,从师的必要和途径,提出了"弟子不必不如师,师不必贤于弟子"的正确观点,而且在行动上,他"不顾流俗,犯笑侮,收召后学",且"因抗颜为师,愈以是得狂名"(柳宗元《答韦中立论师道书》)。

　　文章中心突出,论证逻辑严密,层次清楚,有说服力。

【原文】

　　古之学者必有师。师者,所以传道、受业、解惑[1]也。人非生而知之者,孰能无惑?惑而不从师,其为惑也,终不解矣。生乎吾前,其闻道也固先乎吾,吾从而师之;生乎吾后,其闻道也亦先乎吾,吾从而师之。吾师道也,夫庸知[2]其年之先后生于吾乎?是故无贵无贱,无长无少,道之所存,师之所存也。

　　嗟乎!师道之不传也久矣!欲人之无惑也难矣。古之圣人,其出人[3]也远矣,犹且从师而问焉;今之众人,其下圣人[4]也亦远矣,而耻学于师。是故圣益圣,愚益愚。圣人之所以为圣,愚人之所以为愚,其皆出于此[5]乎?

　　爱其子,择师而教之,于其身也,则耻师焉,惑矣!彼童子之师,授之书而习其句读[6]者也,非吾所谓传其道、解其惑者也。句读之不知,惑之不解,或师焉,或不焉,小学而大遗[7],吾未见其明也。巫医、乐师、百工之人,不耻相师[8];士大夫之族,曰师、曰弟子云者,则群聚而笑之。问之,则曰:"彼与彼年相若[9]也,道相似也,位卑则足羞,官盛则近谀[10]。"呜呼!师道之不复,可知矣!巫医、乐师、百工之人,君子不齿[11],今其智乃反不能及,其可怪也欤!

圣人无常师,孔子师郯子、苌弘、师襄、老聃[12]。郯子之徒,其贤不及孔子。孔子曰:"三人行,则必有我师[13]。"是故弟子不必不如师,师不必贤于弟子。闻道有先后,术业有专攻,如是而已。

李氏子蟠[14],年十七,好古文,六艺经传[15]皆通习之,不拘于时[16],学于余。余嘉其能行古道,作《师说》以贻[17]之。

【注释】

[1]道:指儒家之道。业:指儒家经典,即下文的"六艺经传"。受:同"授"。惑:指疑难问题。[2]庸知:岂知。[3]出人:超出一般人。[4]下圣人:一作"去圣人",即离圣人。[5]出于此:由于此。[6]句读:句和逗,指文章中休止和停顿之处。文章语意尽处叫作"句",语意未尽,诵读时略作停顿处叫作"读",也叫"逗"。此处指文字诵读。[7]小学而大遗:学了小的丢了大的。小,指句读,大指疑难不解的问题。[8]"巫医、乐师、百工"句:古代传统看法巫医不分。韩愈此语虽赞扬了巫医、乐师、百工互相学习的精神,但也反映了他意识中的封建等级观念。[9]相若:相近。[10]位卑:地位低下。羞:感到耻辱,官盛:大官。近谀:近于谀媚。[11]不齿:不与同列,表示极端鄙视。[12]郯(tán)子:春秋时郯国的国君,古帝少皞氏之后。郯子朝鲁,谈及少皞氏时代以鸟名官的文献,孔子从学。事见《左传·昭公十六年》。苌弘:周敬王时大夫。孔子至周,访乐于苌弘。见《孔子家语·观周》。师襄:鲁乐官。孔子曾从他学琴。见《史记·孔子世家》。老聃:即老子李耳。孔子曾问礼于老子。见《史记·老庄申韩列传》。[13]三人行,则必有我师:语见《论语·述而》:"三人行,必有我师焉,择其善者而从之,其不善者而改之。"[14]李蟠:贞元十九年(公元803年)进士。[15]六艺:即六经。经传:指六经的经文及传文。[16]不拘于时:指没有受到当时社会风气的影响,不以从师为耻。[17]贻:赠送。

【译文】

古时候求学的人一定有老师。老师,是传播先王之道,讲授儒家经典,解答疑难问题的人。人不是生下来就懂得道理和知识的,谁能没有疑难问题?有疑难问题不向老师求教,他的疑难问题就永远得不到解决。出生在我之前的人，他懂得道理比我早，我向他学习，以他为老师；出生在我之后的人，他懂得道理也在我之前，我也向他学习而且以他为老师。我学习的是道理，哪管他出生年月在我的先还是后呢？所以无论是高贵的还是低贱的，无论是年长的还是年轻的，道理在谁那里，谁就是老师。

唉！从师的风尚失传已经很久了！想要人没有疑难不解实在不容易。古时候的圣人，他们超出一般人很远，尚且向老师请教；现在的一般人，他们低于圣人也很远，但却耻于向老师学习。所以，懂道理有知识的人越发有道德有智慧，愚昧的人就更加愚昧。圣人之所以成为圣人，愚昧的人之所以成为愚昧的人，大概都由于这个原因吧？

有的人爱他们的孩子，选择好的老师来教他，对于他们自己来说，却耻于向老师学习，太糊涂了！那些小孩的老师，是教给他们读书和断句的，不是我所说的那种传播道理，解析疑难的老师。读书不知道断句，疑难得不到解析，有的向老师学习，有的却不向老师请教，诵读断句这种小的方面向老师学习，但大的方面有疑难却不向老师求教，我看不出他的聪明在哪里。巫医、乐师、各种手艺人，不以互相学习为耻辱；士大夫之类的人，说到"老师""弟子"这些话的时候，他们就会聚集起来嘲笑人家。问他们为什么，他们就说："他和他年纪相近，知识水平也差不多，称地位低的人为老师丢人，称官位高的人为老师就近于拍马屁。"唉！求师的风尚不能恢复，由此可知了！巫医、乐师、百业工匠，是君子不屑于与之为伍的人，现在君子们的智慧反而不及这些人，真是奇怪啊！

圣人没有固定的老师，孔子就曾经以郯子、苌弘、师襄、老聃为老师。郯子这些人，他们的学问贤达比不上孔子。孔子说："三个人走在一起，就一定有可以做我老师的人。"所以，学生不一定不如老师，老师不一定比弟子高明。懂得道理有先后，学问和技艺有专门研究，就是这样罢了。

姓李名蟠的青年，十七岁，喜爱古文，六经经文传文他都普遍学习，不受时俗的束缚，向我求教。我赞许他能奉行古人从师之道，写这篇《师说》赠送给他。

杂 说 一

【题解】

《杂说》四则是一组托物寓意的小品文,属论说文范畴。本文为《杂说一》。

在这篇短文里,作者通过写龙和云的关系:云靠龙嘘气才生成,龙只有依靠云才能显示出变化无穷的神通,以龙比喻圣君,以云比喻贤臣,说明臣子要得到君主的重用才能表现他的贤明,君主要得到贤臣的辅佐,才能表现出他是圣君。全篇运用比喻,写得委婉曲折,寓意深刻。

【原文】

龙嘘气[1]成云,云固弗灵于龙也。然龙乘是气,茫洋穷乎玄间[2],薄[3]日月,伏光景[4],感震电[5],神变化[6],水下土[7],汩陵谷[8],云亦灵怪哉!云,龙之所能使为灵也。若龙之灵,则非云之所能使为灵也。

然龙弗得云,无以神其灵矣。失其所凭依,信不可欤。异哉!其所凭依,乃其所自为也。《易》曰:"云从龙[9]。"既曰:"云,龙从之矣。"

【注释】

[1]嘘气:呼气。[2]茫洋:浩渺,无边无际。穷:尽。玄间:指太空。[3]薄:逼近,靠近。[4]伏:藏匿,掩蔽。光景:日月的光辉。[5]感:同"撼"。撼动。震电:雷击电闪。[6]神:指事物变化的玄妙、神奇。[7]水:指落雨。下土:地上。[8]汩(gǔ):淹没。陵谷:

丘陵和山谷。[9]《易经》:"云从龙,风从虎,圣人作而万物睹。"

【译文】

  龙吐气变成云,云本来没有龙那样灵异。但是龙乘驾着这种云气,在无边无际的太空中遨游,逼近太阳和月亮,掩蔽日月的光辉,撼动雷击电闪,让风云神奇变化,把雨水下到大地上,淹没丘陵和山谷,云也算是灵异的了!云,是龙才能使它成为灵异的。像龙的灵异,就不是云能够使它成为灵异的。

  但是龙如果没有云,就无法显示它的神奇变化了。失掉它所依靠的,实在不行哩。奇怪啊!它所依靠的,就是它自己吐出来的。《易经》说:"云是跟着龙的。"我又说:"龙,要云跟着它呢。"

杂　说　四

【题解】

　　《杂说》四则是一组托物寓意的小品文,属论说文范畴。本文为《杂说四》。

　　本文以伯乐比喻善于发现人才的人,以千里马比喻有才能的人,以千里马不遇伯乐比喻怀才不遇。强调"世有伯乐,然后有千里马",但是现实的情况是"千里马常有,而伯乐不常有",致使千里马被视为驽马而受凌辱。以此讽刺掌握用人大权的统治者对人才既不能赏识又不能善待和重用,抒发自己心中的愤懑。文章简短精练,寓意深刻。

【原文】

　　世有伯乐[1],然后有千里马。千里马常有,而伯乐不常有。故虽有名马,只辱于奴隶人[2]之手,骈死于槽枥[3]之间,不以千里称也。

　　马之千里者,一食或尽粟一石,食马者不知其能千里而食[4]也。是马也,虽有千里之能,食不饱,力不足,才美不外见,且欲与常马等[5]不可得,安求其能千里也?

　　策之不以其道[6],食之不能尽其材[7],鸣[8]之而不能通其意,执策而临之,曰:"天下无马!"呜呼!其真无马邪?其真不知马也!

【注释】

　　[1]伯乐:春秋秦穆公时人,以善相马著称。姓孙名阳。[2]奴隶人:受役使的人,此处指马夫。[3]骈(pián):两马齐驾。槽枥(cáo lì):养马的地方。槽,马槽,盛饲料的器具。

枥,马棚。[4]食:饲养。[5]等:等同、一般。[6]策:鞭策,驱使。[7]材:本能,指千里马的食量。[8]鸣:呼喝,指驭马的人呼喝马。

【译文】

　　世上有伯乐,然后才有千里马。千里马常有,而伯乐不常有。所以即使有名马,也只能辱没在普通马夫的手里,和一般马同死在马厩里边,不被称为千里马。

　　马之中能日行千里的,一顿有时要吃完一石小米,喂养马的人不知它能日行千里而以平常马一般给饲料。这匹马,虽然有日行千里的才能,吃不饱,力气不足,才能和优点不能表现出来,甚至想要和普通马一般也不可能,怎么能要求它日行千里呢?

　　驾驭它不能掌握它的特性,饲养它不能满足它的食量,呼喝它不能明白它的心意,拿着马鞭对着它,说:"天下没有好马!"唉!是真的没有好马吗?是真的不能识别好马啊!

讳　辩

【题解】

　　这是一篇论说文。中心是探讨关于避讳问题。讳,即是对君主、尊长辈的名字避开不直称。避讳始于周代,封建社会历代都讲避讳,这已成为具有很大权威的道德观念,甚至法律规定犯讳要处徒刑。

　　青年优秀诗人李贺很有才气,韩愈曾鼓励他参加进士考试,但是妒忌他的人却借他的父亲名晋肃,"晋"与"进"同音犯父讳,反对他参加进士考试。韩愈知道后极为愤慨,便写了《讳辩》这篇文章。文中引经据典,列举古圣先贤的事例批驳"讳"的无理,说明李贺考进士无可非议。同时对当时士大夫们的不良社会风气进行了鞭笞。

【原文】

　　愈与李贺[1]书,劝贺举进士。贺举进士,有名,与贺争名者毁之,曰:"贺父名晋肃,贺不举进士为是,劝之举者为非。"听者不察也,和而唱之,同然一辞。皇甫湜[2]曰:"若不明白,子与贺且得罪。"愈曰:"然。"

　　律曰:"二名不偏讳[3]。"释之者曰:"谓若言'征'不称'在',言'在'不称'征'是也[4]。"律曰:"不讳嫌名[5]。"释之者曰:"谓若'禹'与'雨'、'丘'与'蓲'之类是也。"今贺父名晋肃,贺举进士为犯二名律乎?为犯嫌名律乎?父名"晋肃",子不得举进士,若父名"仁",子不得为人乎?

　　夫讳始于何时?作法制以教天下者,非周公、孔子[6]欤?周公作诗不讳[7],孔子不偏讳二名[8],《春秋》不讥不讳嫌名[9]。康王钊之孙实为昭王[10];曾参之父名皙,曾子不讳"昔"[11]。周之时有骐期,汉之时有杜度,此其子宜如何讳?将讳其嫌,遂讳其姓乎?将不讳其嫌者乎?汉讳武帝名"彻"为"通"[12],不闻又讳"车辙"之"辙"为某字也;讳吕后名"雉"为"野鸡"[13],不闻又讳"治天下"之"治"为某字也;今上章及诏,不闻讳"浒""势""秉""机"也[14]。惟宦官宫妾,乃不敢言"谕"[15]及"机",以为触犯。士君子立言行事,宜何所法守也?今考之于经,质之于律,稽之以国家之典,贺举进士为可邪?为不可邪?

凡事父母得如曾参[16],可以无讥矣;作人得如周公、孔子,亦可以止矣。今世之士,不务行曾参、周公、孔子之行,而讳亲之名,则务胜于曾参、周公、孔子,亦见其惑也!夫周公、孔子、曾参,卒不可胜,胜周公、孔子、曾参,乃比于宦官宫妾,则是宦官宫妾之孝于其亲,贤于周公、孔子、曾参者邪?

【注释】

[1]李贺:公元790—816年,字长吉,唐朝河南昌谷人。曾当过协律郎。据传七岁即能诗文,为韩愈、皇甫湜所器重。相传他常骑驴外出,后边跟随的童子背个锦囊。途中得到佳句,立即写下来投到锦囊中,到晚归家就整理成篇。他的诗想象丰富,尤其擅长作乐府,是当时有名的诗人,死时才二十七岁。[2]皇甫湜:约公元770—约835年,字持正,睦州新安人,唐朝文学家。元和年间进士,官工部郎中,从韩愈学古文,思想倾向与韩愈相近。有宋代编《皇甫持正集》。[3]二名不偏讳:出自《礼记·曲礼》"礼不避嫌名,二名不偏讳。"二名:两个字的名字。不偏讳:不单独避讳其中的一个字。[4]孔子的母亲名"征在",因"二名不偏讳",所以称其中的一个字是可以的。[5]不讳嫌名:出自《礼记·曲礼》。嫌名:与人姓名音相近的字,比如"禹"和"雨""丘"和"苃"。唐律规定,犯讳者徒刑三年,不犯嫌名、二句偏犯者无罪。但实际生活中,往往兼讳嫌名。李贺因父亲的名字晋肃的"晋"与进士的"进"音同而犯讳,此即犯嫌名。[6]周公:西周初年政治家,姬姓,名旦,周武王之弟,曾助武王灭商。武王过世后,摄政辅佐成王。相传周朝的礼乐制度都是他制定的。孔子:名丘,字仲尼。春秋时有名的思想家、教育家,儒家学说创始人。[7]作诗不避讳:周文王名昌、武王名发,《周颂》中并不避讳这两个字。[8]孔子的母亲名"征在",《论语》中也不避讳这两个字。[9]《春秋》:相传是孔子根据鲁史撰写的一部编年体

史书。当中有"魏桓公名完"的记载。"桓"与"完"同音,属嫌名,可见《春秋》不避嫌名。[10]康王钊:周武王的儿子,名钊。康王钊的儿子为昭王。"钊"与"昭"同音。昭王应是康王之子,"孙"字为误。[11]曾参:公元前505—前435年,春秋鲁国人,字子舆。孔子的弟子。晳:曾晳,孔子的弟子,"晳""昔"音同。曾子曾说:"昔者吾友。"(《论语》)[12]汉武帝姓刘名彻,为避讳,所以当时把"彻侯"改为"通侯""蒯彻"改为"蒯通"。[13]吕后:名雉(zhì),汉高祖刘邦的皇后。刘邦死后,她曾临朝听政。[14]唐太祖名虎、太宗名世民、世祖名昺,玄宗名隆基。"浒""势""秉""机"分别和"虎""世""昺""基"同音,但奏章、诏书中都不讳"浒""势""秉""机"等字。[15]唐代宗名豫,"谕"与"豫"音同。[16]曾参非常孝敬父母,是有名的孝子。

【译文】

我给李贺一封信,劝说他参加进士考试。李贺考进士很有声望,同他竞争的人诽谤他,说:"李贺的父亲名叫晋肃,李贺不考进士才对,劝他考试的人做得不对。"听到这种话的人不仔细想想,随声附和,大家说同样的话。皇甫湜说:"如果不辩明白这件事,你与李贺都要获罪。"我说:"对的。"

律书上说:"以两个字作名字的不单独避讳其中的一个字。"解释的人说:"就像说'征'字不说'在'字,说'在'字不说'征'字那样。"律书上说:"不避讳与人姓名音近的字。"解释的人说:"就像'禹'与'雨'、'丘'与'蓲'一类字那样。"现在李贺的父亲名叫晋肃,李贺参加进士试是违犯了两个字做名字不单独避讳其中一字的法律呢? 还是违犯了不避讳声音相近的字的法律呢? 父亲名叫"晋肃",儿子不能考进士,如果父亲名叫"仁"。儿子就不能做人吗?

避讳是从什么时候开始的? 订立法制来管教天下的人,不是周公、孔子吗? 周公作诗不避讳,孔子不避讳二名中的一个字,曾参的父亲名晳,曾参不讳"昔"字。周朝的时候有人名叫骐期,汉朝的时候有人名叫杜度,他们的儿子应该怎么避讳呢? 是为避讳他的近音字,就避讳他的姓呢? 还是不避讳他的近音字呢? 汉朝时为避武帝讳,"彻"改为"通",但没有听说将车辙的"辙"避讳为什么字;为避讳吕后的名字将"雉"称为"野鸡",没有听说避讳"治理天下"的"治"为某字;当今上奏章和下诏书,没有听说避讳"浒""势""秉""机"几个字。只有宦官和宫妾,才不敢说"谕"和"机"等字,认为说了就是犯讳。读书人说话做事,应该效法和遵守什么呢? 现在从经籍里考证,从

— 28 —

法律上判断,从国家制度上考核,李贺考进士是可以呢?还是不可以呢?

　　凡是侍奉父母能像曾参那样,就可以不受讥谤了;做人能够像周公、孔子那样,也就到顶了。当今的士人,不努力去效法曾参、周公、孔子的品行,而在避讳亲人的名字上,却努力超过曾参、周公、孔子,这就可以看出他们太糊涂了!周公、孔子、曾参的品德终归是不能够超过的,胜过周公、孔子、曾参的,只能是学宦官、宫妾的样子讲避讳,那么宦官、宫妾孝顺他们的父母,还胜过周公、孔子、曾参吗?

争 臣 论

【题解】

这是一篇论说文,作于唐德宗贞元八年(公元792年)。韩愈于贞元七年考取进士,这时来到长安,准备参加吏部铨选官员的博学宏词科考试。此时,他意气风发,一心想着得官,一展宏图,报效国家。当他听说他一向所敬仰的阳城充任谏议大夫的职位五年,却不尽职责,未曾听说对朝政提出过意见建议,他感到极为不满。于是,撰写了这篇《争臣论》,对阳城进行规劝,说明谏官就应积极讽谏君主,指出君主的过失,而不应渎职或独善其身。同时也以此文作为应吏部考试的行卷,投献朝中显要官员,以期得到重视。

《争臣论》在写作方法上很有特色。它通过设问与回答,层层推进,深入辩论,逐步揭示论点并加以深化。文章笔力遒劲,逻辑性强。

争臣:谏官。直言规劝皇帝的臣子,指谏议大夫。

【原文】

或问谏议大夫阳城[1]于愈:"可以为有道之士乎哉?学广而闻多,不求闻于人也。行古人之道,居于晋之鄙,晋之鄙人[2],薰其德而善良者几千人。大臣[3]闻而荐之,天子以为谏议大夫。人皆以为华[4],阳子不色喜[5]。居于位五年矣,视其德如在野,彼岂以富贵移易[6]其心哉?"愈应之曰:"是《易》所谓恒其德贞,而夫子凶者也[7]。恶[8]得为有道之士乎哉?"在《易·蛊》之上九云:'不事王侯,高尚其事[9]。'《蹇》之六二则曰:'王臣蹇蹇,匪躬之故[10]。'夫亦以所居之时不一,而所蹈之德不同也。若《蛊》之上九:居无用之地,而致匪躬之节[11];以《蹇》之六二:在王臣之位,而高不事之心,则冒进之患[12]生,旷官之刺兴[13],志不可则[14],而尤不终无也[15]。今阳子在位,不为不久矣;闻天下之得失,不为不熟矣;天子待之,不为不加矣。而未尝一言及于政,视政之得失,若越人视秦人之肥瘠,忽焉不加喜戚于其心。问其官,则曰谏议也;问其禄,则曰下大夫之秩也[16];问其政,则曰我不知也。有道之士固如是乎哉?且吾闻之:'有官守者,不得其职则去;有言责者,不得其言则去。'今阳子以为得其言乎哉?得其言而不言,与不得其言而不去,无一可者也。阳子将为禄仕乎?古之人有云:'仕不为贫,而有时乎为贫[17],谓禄仕者也。'宜乎辞尊而居卑,辞富而居贫,若抱关击柝者[18]可也。盖孔子尝为委吏[19]矣,尝为乘田[20]矣,亦不敢旷其职,必曰:'会计当而已矣',必曰:'牛羊遂而已矣[21]'。若阳子之秩禄,不为卑且贫,章章明矣,而如此,其可乎哉?"

或曰:"否,非若此也。夫阳子恶讪上者[22],恶为人臣招[23]其君之过,而以为名者,故虽谏且议,使人不得而知焉。《书》曰:'尔有嘉谟嘉猷[24],则入告尔后[25]于内,尔乃顺之于外,曰,斯谟斯猷,惟我后之德。'夫阳子之用心,亦若此者。"愈应之曰:"若阳子之用心如此,滋所谓惑者矣!入则谏其君,出不使人知者,大臣宰相者之事,非阳子之所宜行也。夫阳子,本以布衣,隐于蓬蒿之下,主上嘉其行谊[26],擢在此位。官以谏为名,诚宜有以奉其职,使四方后代,知朝廷有直言骨鲠[27]之臣。天子有不僭赏、从谏如流[28]之美。庶岩穴之士[29],闻而慕之,束带结发[30],愿进于阙下[31],而伸其辞说,致吾君于尧舜,熙鸿号[32]于无穷也。若《书》所谓,则大臣宰相之事,非阳子之所宜行也。且阳子之心,将使君人者恶闻其过乎?是启之也。"

或曰:"阳子之不求闻而人闻之,不求用而君用之,不得已而起,守其道而不变。何子过之深也?"愈曰:"自古圣人贤士,皆非有求于闻用也,闵[33]其时之不平、人之不义[34],得其道,不敢独善其身,而必以兼济天下也,孜孜矻矻[35],死而后已。故禹过家门不入[36],孔席不暇暖[37],而墨突不得黔[38]。彼二圣一贤者,岂不知自安佚[39]之为乐哉?诚畏天命而悲人穷也。夫天授人以贤圣才能,岂使自有余而已?诚欲以补其不足者也。耳目之于身也,耳司闻,而目司见,听其是非,视其险易,然后身得安焉。圣贤者,时人之耳目也;时人者,圣贤之身也。且阳子之不贤,则将役于贤,以奉其上矣;若果贤,则固畏天命而闵人穷也。恶得以自暇逸乎哉?"

或曰:"吾闻君子不欲加诸人,而恶讦[40]以为直者。若吾子之论,直则直矣,无乃伤于德而费于辞乎?好尽言以招人过,国武子之所以见杀于齐也[41],吾子其亦闻乎?"愈曰:"君子居其位,则思死其官;未得位,则思修其辞以明其道。我将以明道也,非以为直而加人也。且国武子不能得善人,而好尽言于乱国。是以见杀。《传》[42]曰:'惟善人能受尽言。'谓其闻而能改之也。子告我曰:'阳子可以为有道之士也。'今虽不能及已,阳子将不得为善人乎哉?"

【注释】

[1]谏议大夫:官名,掌谏争,论议,设有官署,名谏院。阳城:公元736—805年,字亢宗,定州北平人。进士及第后,隐居在中条山中,经李泌推荐,德宗召拜为谏议大夫。任官五年不见他对朝政有所议论。后来,裴延龄诬陷宰相陆贽,朝廷欲贬陆,擢拔裴延龄。阳城上书请留陆贽,慷慨直言裴延龄的罪过,反对以他为宰相。公开说:"延龄为相,吾当取白麻坏之哭于庭。"裴延龄终于没有当上宰相,阳城也由谏官改任国子监司业,后来出任道州刺史,治民如治家,深得民心。[2]晋之鄙:晋,今山西省。鄙,边境小县。鄙人,边境地方的人。[3]薰其德:受他的品行的熏染陶冶。大臣:指李泌。李泌(公元722—789年),字长源。曾在唐玄宗、肃宗、代宗、德宗四朝做官,位至宰相。[4]华:显贵的意思。[5]阳子:即阳城。子:古时对男性及有德者的尊称。不色喜:没有表现出高兴的样子。[6]移易:动摇改变。[7]《易经·恒卦·六五》:"恒其德贞,妇人吉,夫子凶。"注疏说,恒常贞一其德对妇人来说是好的,但对男子来说就是凶卦。因为男子须制断事宜,不可专贞从唱。意思是说,以柔顺从人,长久不变,这是妇人应有的道德,不是大丈夫应该遵从的。[8]恶:同"何"。[9]不事王侯,高尚其事:意思是处事上不以世事为心,不系累于职

位,所以说不承事王侯,只崇尚自尊清高,高尚自己的节操。[10]王臣蹇蹇,匪躬之故:意思是君主的臣子尽忠王事,历经艰难,并不是自身的缘故。蹇,困苦。蹇蹇,忠直貌。[11]致:实行,达到。节:气节,操守。[12]高不事之心:以不事君王为高尚。患:忧患。[13]旷官:荒废职守。刺:指责。兴:发生。[14]志:志向。则:效法。[15]尤:过错。[16]大夫:官名,又分上大夫、中大夫、下大夫三级,位在卿之下、士之上。秩:俸禄,职位或品级。[17]"仕不为贫"句:出自《孟子·万章下》,古人指孟子。[18]抱关击柝:守门打更的小吏。[19]委吏:主管粮仓的小吏。《孟子·万章下》:"孔子尝为委吏矣。"[20]乘田:春秋时鲁国的苑囿之吏,主管六畜的刍牧。《孟子·万章下》:"孔子尝为乘田矣。"[21]会计当而已矣:收支数字该核实了。牛羊遂而已矣:牛羊长得壮实极了。遂,生长。[22]恶:厌恶,不喜欢。讪(shàn):诽谤,讽刺。[23]招:揭示。[24]《书》:指《尚书》。此语引自《周书·君陈第二十三》。嘉谟嘉猷:好的谋略好的法则。[25]后:泛指君主。[26]布衣:平民百姓。行谊:行仁义道德。谊,同"义"。[27]骨鲠(gěng):比喻正直。[28]僭(jiàn)赏:奖赏超过功劳。从谏如流:指帝王能随时听取臣子的劝谏。[29]岩穴之士:隐居在山洞中的士人。[30]束带结发:系好腰带,结好头发。指整理好衣冠,准备出仕。[31]阙下:皇帝居住的宫阙之下。[32]熙:光明,显耀。鸿号:大名。[33]闵:同"悯"。[34]乂:治理,安定。[35]孜孜:努力不息惰。矻(kū)矻:勤奋不懈息。[36]禹过家门不入:传说大禹治水,三次经过家门都没有进去看一看。[37]孔席不暇暖:传说孔子为到列国去游说,常常是坐席还来不及坐暖和又动身了。[38]墨突不得黔:墨,墨子。突,烟囱。黔,黑。意即墨子的烟囱还来不及烧黑,又忙着外出了。[39]安佚:安闲逸乐。[40]讦(jié):指责别人的过失,揭发别人的隐私。[41]国武子:春秋时齐国人。《国语》:"柯陵之会,单襄公见国武子,其言尽。襄公曰:'立于淫乱之间,而好尽言以招人过,怨之本也。'鲁成公十八年,齐人杀武子。"[42]《传》:指《孟子·梁惠王上》。

【译文】

有人向我问谏议大夫阳城说:"(他)可以称为一个有道德的士人吗?他学识广见闻多,不企求闻名于人。他遵行古代贤人的处世原则,隐居在中条山,中条山地方的百姓,受他的品行熏染陶冶而变得善良的有几千人。宰相李泌听到后就推荐他出来做官,皇帝任命他为谏议大夫。人人都以为是很显贵的事,阳城却没有表现出高兴的样子。在这个位置上五年了,看他的德行如同没有做官时一样,他难道会因为富贵而改变他的心意吗?"我回答说:"《易经》上说的以柔顺从人,恒久不变,这是妇人应有的道德,不是大丈夫应该遵行的,怎么能够算得上有道德的人士呢?在《易经·蛊》之九上说:'不侍奉王侯,只高尚自己的节操。'《易经·蹇》之六二说:'君王的臣子,尽忠王事,历经艰难,并不是为自身的缘故。'那是因为所处的时间不一样,而所实行的德行不同罢了。如《易经·蛊》之上九:处在不能发挥作用的地位,而能实行不为自身的节操;以《易经·蹇》之六二:处在君王的臣子地位,而不以侍奉君王为高尚,那么盲目进取官位的忧患就会发生,荒废职守的讥刺就会兴起,这种人的志向不可作为榜样效法,而他们的失去终于不可避免。如今阳子在这个位置上,不能说不久了;听到的天下的得与失,不能算是不熟悉了;天子对待他,不能说不优厚了。但是没有发表过一句关于朝政的意见,看待朝政的得与失,就像越国人看待秦国人的肥瘦一样,忽视它,不会在心上引起喜悦或忧戚。问他的官职,就说是谏议大夫;问他的俸禄,则说享受下大夫的俸禄;问他的政务,就说我不知道。有道德的士人原来是这样的吗?我还听说:'有官职的人,不能尽职就应辞职;有劝谏职责的人,不能进谏规劝就应辞职。'现在阳子认为尽到了他的言官责任了吗?处于谏官的地位而不发表意见建议,与不发表言论又不辞职,没有一样是对的。阳子是为了俸禄才做官吗?古时候的人说:'做官不是因为贫穷,而有时也因为贫穷,这就是所说的为俸禄做官的呢。'因贫穷做官就应该辞高官居低位,拒厚禄领薄俸,比如做个守门小卒,打更小吏就可以了。据说孔子曾经做过管仓库的小吏,也曾做过管牲畜的小吏,他也不敢荒废他的职责,一定说:'收支数字该核实了',一定说:'牛羊长得壮实极了'。像阳子那样的品级俸禄,不算卑微、菲薄,这是清楚明白的了,而他的表现却是这样,这是可以的吗?"

有人说:"否,不是这样的。阳子不喜欢讽刺君王的原因,是不喜欢做臣子的揭示君主的过失,以此来获得名声,所以虽然有规劝和建议,使人不能知道罢了。《尚书》说:'你有好的谋略好的法则,就进去告诉君王,你这才到外面去宣扬,说这个好的谋略,只有我们的君王才能想得出。'那阳子的用心也是这样的。"我回答说:"如果阳子的用心是这样。那就增加我的疑惑了!进到里面去劝谏君王,出来不让人知道,是大臣宰相的事情,不是阳子所应该做的。阳子,本来是一个老百姓,隐居在穷乡僻壤,君主赞许他行道德仁义,提拔在这个位置上。官职既然是谏议大夫,实在应该努力奉行他的职守,使四方后代的人,知道朝廷有正直敢说话的臣子;天子有不滥赏、从谏如流的美德。这样一来,那些隐居在山洞中的士人,就会听到而很美慕,赶快整理行装,情愿走到皇宫之下,发表他们的意见,使我们的君主达到尧、舜那样的圣明,使他的英名显耀于千秋万代。像《书经》所说的,是大臣宰相的事,不是阳子所应该做的。而且阳子的用心,是将使君主讨厌听到自己的过失吗?"

有人说:"阳子不求扬名而人们知道他,不求任用而君主任用他,他是不得已来做官的,遵守他的道德原则不变,为什么你那样深责他呢?"我说:"自古以来的圣人贤士,都不是为求扬名、任用的,只是由于怜悯时世的不平、百姓的不安,自己得到圣贤之道,不敢独自保全自己,而必定要用它来普济天下,勤勤恳恳,一直到死才罢。所以大禹三次经过家门而没有进去看一看,孔子的席子来不及坐暖和又得去列国游说,墨子的烟囱还来不及烧黑,又忙着外出了。他们这两位圣者一位贤人,难道不知道自己过安闲自在的日子很快乐吗?他们实在是怕时世不平而怜悯人民不治啊。天授给人贤圣的才能,难道只是使他自己有多余就算了吗?实在是希望他用自己的多余才智来补足不足的人啊。耳朵、眼睛对于人的身体的作用,耳朵是管听的,眼睛是管看的,听清楚是非,看清楚难易,然后身体才能得到平安。圣人贤人,就如同世人的耳、目;世人,就如同圣贤的身躯,如果阳子不贤,那么他就应该被贤者役使,而侍奉他的上司;如果阳子果然是贤人,那么本来就应该怕时世的不平而同情百姓的不治。怎么能贪求自己的闲适安逸呢?"

有人说:"我听说君子是不希望加罪于人,而且怨恶揭发别人的隐私来表现自己的直率的人。像您的议论,直率倒是直率了,不是有点伤损德行、说话太多了吗?喜欢把话说尽去揭发别人的过失,国武子之所以被齐国人杀死就是由于这个原因,您大概也听说过了吧?"我说:"君子处在他的位置上,就要有死在职位上的打算;没有得到官职,就要修饰他的言辞来阐明他的道理。我说这些是用言论阐明道理,并不是用它来显示自己的耿直而加罪于人。而且国武子不能够团结一批善良的人,而喜欢在乱世之国把话说尽,所以被杀。《孟子》说:'只有好人能容纳别人把话说尽。'是说他听到批评后能够改正。您告诉我说:'阳子可以算得是有道德的士人。'现在虽然还不能达到,阳子难道不能算是好人吗?"

论佛骨表

【题解】

这是一通关于迎佛骨的奏表,去掉奏章呈式即是一篇论说文。

唐宪宗自平淮西叛乱后,逐渐骄奢,好聚敛。又好"神仙",诏天下求方士。元和十四年(公元819年)正月,令宦官杜英奇迎佛骨至长安,"留禁中三日,乃历送诸寺。王公士民,瞻奉施舍,惟恐弗及。"韩愈针对这种情况,上表宪宗极力谏阻。宪宗看到这通表,大怒,下诏贬韩愈为潮州刺史。

辟除佛老是韩愈的一贯主张,在《原道》中,对佛学、道家的思想学说进行了驳斥。本文中借迎佛之举,论说了佛法的欺骗性、迎佛的危害,并提出将佛骨投诸水火的主张。全文观点鲜明,说理充分、透彻。

【原文】

臣某言:伏以佛[1]者,夷狄之一法[2]耳,自后汉[3]流入中国,上古未尝有也。昔者黄帝在位百年,年百一十岁[4];少昊在位八十年,年百岁[5];颛顼在位七十九年,年九十八岁[6];帝喾在位七十年,年百五岁[7];帝尧在位九十八年,年百一十八岁[8];帝舜及禹,年皆百岁[9]。此时天下太平,百姓安乐寿考,然而中国未有佛也。其后殷汤亦年百岁[10];汤孙太戊[11],在位七十五年,武丁在位五十九年[12],《书》史不言其年寿所极,推其年数,盖亦俱不减百岁;周文王年九十七岁,武王年九十三岁[13],穆王在位百年[14]。此时佛法亦未入中国,非因事佛而致然也。

汉明帝时,始有佛法,明帝在位,才十八年耳[15],其后乱亡相继,运祚不长[16]。宋、齐、梁、陈、元魏已下,事佛渐谨,年代尤促[17]。惟梁武帝在位四十八年,前后三度舍身施佛[18],宗庙之祭,不用牲牢、昼日一食,止于菜果[19]。其后竟为侯景所逼,饿死台城,国亦寻灭[20]。事佛求高,乃更得祸。由此观之,佛不足事,亦可知矣。

高祖始受隋禅,则议除之[21]。当时群臣,材识不远,不能深究先王之道、古今之宜,推阐圣明,以救斯弊,其事遂止[22]。臣常恨焉!

伏惟睿圣文武皇帝陛下,神圣英武,数千百年已来,未有伦比[23]。即位之初,即不许度人为僧尼道士,又不许创立寺观[24]。臣常以为高祖之志,必行于陛下之手。今纵未能即行,岂可恣之转令盛[25]也!

今闻陛下令群僧迎佛骨于凤翔,御楼以观,舁入大内[26],又令诸寺递迎[27]供养。臣虽至愚,必知陛下不惑[28]于佛,作此崇奉,以祈福祥也。直以年丰人乐,徇[29]人之心,为京都士庶,设诡异之观、戏玩之具[30]耳。安有圣明若此,而肯信此等事哉!然百姓愚冥,易惑难晓,苟[31]见陛下如此,将谓真心事佛。皆云:"天子大圣,犹一心敬信;百姓何人,岂合更惜生命?"焚顶烧指[32],百十为群,解衣散钱,自朝至暮,转相仿效,惟恐后时,老少奔波,弃其业次[33]。若不即加禁遏[34],更历诸寺,必有断臂脔身[35],以为供养者。伤风败俗[36],传笑四方,非细事也。

夫佛本夷狄之人,与中国言语不通,衣服殊制[37],口不言先王之法言[38],身不服先王之法服[39],不知君臣之义、父子之情[40]。假如其身至今尚在,奉其国命,来朝京师,陛下容而接之,不过宣政[41]一见,礼宾一设[42],赐衣一袭[43],卫而出之于境,不令惑众也。况其身死已久,枯朽之骨,凶秽之余[44],岂宜令入宫禁!

孔子曰:"敬鬼神而远之[45]。"古之诸侯,行吊于其国,尚令巫祝先以桃茢[46],祓除不祥,然后进吊。今无故取朽秽之物,亲临观之,巫祝不先,桃茢不用,群臣不言其非,御使不举其失,臣实耻之,乞以此骨付之有司[47],投诸水火,永绝根本,断天下之疑,绝后代之惑。使天下之人,知大圣人之所作为,出于寻常[48]万万也。岂不盛哉!岂不快哉!佛如有灵,能作祸祟,凡有殃咎[49],宜加臣身,上天鉴临,臣不怨悔。无任感激恳悃[50]之至,谨奉[51]表以闻。

臣某诚惶诚恐。

【注释】

[1]伏以:下对上的敬词。伏:身前倾面向下。以:以为。佛:指佛教。[2]夷狄之一法:佛教创始人释迦牟尼(姓乔达摩,名悉达多,族姓释迦),原是天竺(印度古称)迦毗罗国王净饭王的长子,19岁(一说29岁)出家,入雪山苦修六年,出山后在迦耶山菩提树下苦思,得悟世间万物无常和缘起等道理,成了佛。以后在中印度各地传教,弟子很多,汉时始传入中国,所以韩愈称为夷狄之法。[3]后汉:东汉。从汉光武帝刘秀起至汉献帝刘协被曹操所废止,历十二帝,是为后汉,因建都洛阳故称东汉。佛教传入实际在西汉哀帝时就已开始,但兴盛却在东汉始。[4]黄帝:古史记黄帝为少典之子,姓公孙,居姬水,又改姬姓,居轩辕之丘,又称轩辕氏,曾经打败炎帝,斩杀蚩尤,诸部落尊他为天子,以取神农氏。传说蚕桑、医药、舟车、宫室、文字的创造发明都从黄帝开始。[5]少昊:传说古部落首领,也称少皞。名挚,黄帝的儿子,己姓,又称金天氏。领地在穷桑,都城曲阜,号穷桑帝。春秋时郯国自称少昊后代。[6]颛顼:相传为黄帝之孙,昌意之子,十岁佐少昊,二十岁登帝位,号高阳氏。[7]帝喾:古部落首领,相传为黄帝的曾孙,尧的父亲。居亳,号高辛氏。[8]帝尧:传说中古部落联盟首领,帝喾之子,号陶唐氏,居平阳(今山西境)。[9]帝舜:古部落联盟首领,颛顼的七世孙,姚姓,号有虞氏,名重华,居蒲坂(今山西境)。禹:夏后氏部落领袖,姒姓。鲧的儿子,治水经十三年,三过家门而不入,水患得平。舜死,禹继任部落联盟领袖。[10]殷汤:帝喾之子契的后代,子姓。契封于商,至汤灭夏以商为国号,故称商汤。传至盘庚,迁都殷(在今河南境内),故又称殷汤。[11]太戊:汤第四代孙,又称大戊。[12]武丁:盘庚弟小乙之子。殷自盘庚死后,国势衰落。武丁立,用傅说为相,勤修政事,又趋强盛。[13]周文王:相传为帝喾之子后稷的后代,姬姓,名昌,殷商时诸侯,居岐山下,为西方诸侯之长,称西伯。周武王,文王子,名发。起兵伐纣,灭殷,建立周王朝,分封诸侯,建都镐。[14]穆王:周昭王子,名满,尚书中的《君牙》《冏命》《吕刑》三篇,相传为穆王诰谕。[15]汉明帝:刘庄,公元6—75年。汉光武帝子。相传曾遣使往天竺求佛经像,建白马寺于洛阳,是为佛教传入中国之始。公元58—75年在位。

[16]运祚:国运橱祚。东汉自明帝以后,经十一帝,共144年,各人在位都不长,至宪帝被曹丕所废,东汉即亡。[17]宋、齐、梁、陈:指南朝的列国。宋:开国皇帝是武帝刘裕,立国59年,经八个皇帝,有四个被杀。齐:开国皇帝萧道成,或称南齐。立国23年,经七个皇帝,有三个被杀。梁:开国皇帝萧衍,或称萧梁。立国56年,经四个皇帝,有三人被杀,一人饿死。陈:开国皇帝陈霸先,立国34年,经五个皇帝,一人被俘。元魏:即北魏。鲜卑人拓跋珪建立北魏,称道武帝。后魏孝文帝时改姓元,故称元魏。立国160年,经十七个皇帝,有八人被杀。谨:慎重,恭敬。促:短促。[18]梁武帝:即梁朝的开国皇帝萧衍,字达叔。公元502—549年在位,曾于公元527年、529年、547年三次舍身同泰寺,迷信佛教,寺院遍境内。[19]牲牢:指祭祀时作祭品的牲畜。牛、羊、猪为牲,系养者为牢。[20]侯景:南朝梁怀朔镇人,字万景。初为北朝魏将,后归附梁,封河南王。后举兵反叛,攻破建康,梁武帝被围在台城(宫城),饿死。侯景自立,称汉帝,到处烧杀抢掠,长江下游地区遭受极大破坏,史称侯景之乱,接着侯景被陈霸先所败,逃亡时被部下杀死。[21]"高祖"二句:高祖:指唐高祖李渊。其在位时,太史令傅奕曾多次上疏请禁佛教,指斥佛教盲言轮回功德,愚民骗钱,且僧多寺奢,大量耗费国家资财,诱使军民逃役,害政祸国。主张僧尼还俗,高祖于武德九年四月废浮屠、老子法,下诏沙汰尼僧道士,留下精勤的在寺、观中,其余的还俗。京城留寺三所,观二所,天下诸州各留一所。六月高祖退位,太宗摄政,恢复浮屠、老子法。[22]当时:指太宗摄政时。群臣:指杜如晦、陈子良、萧瑀、裴寂等人。他们斥责傅奕禁佛,言辞激烈。推阐:推求阐发。圣明:指高祖禁佛的英明主张。[23]伏惟:对上的敬词。惟:想,认为。睿圣文武皇帝:是元和三年群臣给唐宪宗上的尊号。睿:《尚书·洪范》:"思曰睿……睿作圣。"后常用作称颂皇帝的套语。伦比:同类。[24]"即位之初"三句:唐宪宗向来信佛,此处仅指元和二年三月所下诏令。[25]恣:放纵,听任。盛:旺盛,兴盛。[26]佛骨:相传是释迦牟尼的牙齿。《旧唐书》说是释迦牟尼的一节指骨。凤翔:府名,治所在天兴(今陕西凤翔县)。《旧唐书本传》:"凤翔法门寺有护国真身塔,塔内有释迦文佛指骨一节。""上会中使杜英奇押宫人三十人,持香花赴临皋驿迎佛骨。自光顺门入大内,留禁三日,乃送诸寺。"舁(yù):抬。大内:指皇宫。[27]递迎:一个接一个地迎接。[28]不惑:不受迷惑。[29]直:只是。徇:顺从。[30]诡异:怪异。观:让人观看的。具:供设,摆设。[31]愚冥:愚昧。苟:一旦。[32]犹:尚且。焚顶:以火烧头顶。烧指:烧灼指头。[33]后时:错过时机。业次:借以为生的职业。[34]禁遏:制止,禁止。[35]脔(luán)身:把身上的肉切下来。脔,切成小块的肉。[36]伤风败俗:败坏良好的风俗。[37]殊制:不同成法,不同准则。[38]法言:指合乎礼法的语言。[39]法服:合乎礼法、规矩的服装。[40]不知君臣之义:僧尼见皇帝不行人臣礼。父子之情:指僧尼不赡养父母,无妻子儿女。[41]宣政:宫殿名。[42]礼宾:礼宾院,元和十九年设礼宾院于长安长兴里,以待四夷之使。一设:指设一次宴。[43]一袭:一件,一领。[44]凶秽:不吉

祥而污秽。之余:剩下的。[45]敬鬼神而远之:语出《论语·雍也》。[46]巫祝:古代从事通鬼神的迷信职业者。桃茢:用桃树枝编的扫帚,古人用它扫除不祥。[47]有司:主管的官吏。[48]寻常:指一般人。[49]殃咎:灾祸。[50]无任:不胜。恳悃:诚恳。[51]谨:恭敬地。奉:呈。

【译文】

臣韩愈说:我以为佛教,是夷狄的一种法,自从后汉时才流传到中国,上古时候是未曾有的。从前黄帝在位百年,享年一百一十岁;少昊在位八十年,享年百岁;颛顼在位七十九年,享年九十八岁;帝喾在位七十年,享年一百零五岁;帝尧在位九十八年,享年一百一十八岁;帝舜和大禹,享年都达百岁。那个时候天下太平,百姓安乐长寿,然而中国并没有佛这个东西。在他们之后的殷汤,也活了百岁;汤的孙子太戊,在位七十五年,武丁在位五十九年,《书经》和史书上没有记载他们享年多少,推算他们的年龄,大概也都不会少于百岁;周文王享年九十七岁,周武王活了九十三岁,周穆王在位百年。这段时间佛教也没有传入中国,并不是因为侍奉佛法而出现这种情况的。

东汉明帝的时候,才开始有了佛法。明帝在位才十八年,自他以后汉朝乱亡相继,历代皇帝在位都不久。南朝的宋、齐、梁、陈,北朝的魏以下,侍奉佛祖日渐恭敬,但年代尤其短促。梁武帝在位四十八年,前后三次到寺庙里去出家,宗庙祭祀,不用牛、羊、猪,一天吃一餐饭,仅只吃点菜蔬和果子。可是他后来竟然被侯景围困,饿死在台城,国家也相继灭亡了。信奉佛法是为了求得高寿,却更加得到灾祸。从这看来,佛法不值得信奉,也就可以知道了。

高祖在刚刚取代隋朝当皇帝的时候,就主张过取消佛法。那时朝中大臣,才干见识不远大,不能够深入理解先王之道和古今哪些事是应该做的,从而推求阐发高祖禁佛的英明主张,消除事佛的弊端,禁佛的事就停止了。我常以此为恨啊!

我想陛下您的英明睿智,神圣英武,历数千百年以来,没有谁比得上。在您初登位的时候,就下令不许剃度人去做和尚尼姑和道士,又不允许创立寺院道观。我常常以为高祖皇帝禁佛的遗志,必定会在陛下的手中得到施行。现在纵然未能立即施行,怎能听任它越来越兴盛呢!

现在听说陛下命令众多僧人到凤翔去迎接佛骨,陛下登御楼观看,众人把它接入皇宫,又命令所有寺院一个接一个地迎接去供奉。我虽然很愚笨,也知道陛下不会受佛法的迷惑,做迎佛骨这样的崇奉的事,是为了祈求福祥罢了。只是为了日子富裕人民快乐,顺从老百姓的心愿,为京城士人百姓,设置一场怪异的场面看看,把它当作是消遣娱乐的摆设罢了。哪有如陛下这般圣明,还肯信奉这些事呢!只是老百姓愚昧,容易受迷惑难以懂得您的心思,一旦看见陛下这样做,就会以为您真心信奉佛法。都说:"天子是大圣人,尚且诚心敬信佛法;老百姓是什么样的人,难道应该更加珍惜自己的生命吗?"于是用火来烧头灼指,百十人为一群,解开衣服,施舍钱财,从早到晚,辗转互相仿效,惟恐错过了机会,老的少的奔波于迎佛骨,丢下他们的本职工作。如果不即时加以禁止,让它再经过所有寺院,必定会有人砍断手臂割下身上的肉,用来供奉佛骨。这样败坏风俗,将使四周的国家传为笑话,不是细小的事情。

　　佛祖本是天竺国的人,和中国言语不相通,衣服的成法不相同,口里不说先王合乎礼法的话,身上不穿先王合乎礼法的衣服,不知道遵守君臣的礼节,没有父子亲人的感情。假如他今天还活着,奉他国主的命令派遣,来大唐的京城朝见陛下,陛下允许接见他,不过是在宣政殿接见一次,在礼宾院设一次宴席招待他,赠送他一领袈裟,护送他离开国境,不会让他在中国迷惑众人,何况他已死了很久,他早已枯朽的骨头,不吉利而污秽的残余的骨骸,怎么能让它进入皇宫禁地!

　　孔子说:"敬鬼神而远之。"古时候的诸侯,到别的国家吊唁,尚且要叫巫祝先用桃茢扫除身上的不吉祥,然后才能进行吊唁。现在陛下无缘无故取来枯朽不洁的东西,亲自到场观看,事先也不用巫祝以桃茢扫除它的不祥,群臣不说这事做得不对,御史不指出这事的过失,我实在感到可耻,乞求把这个骨头交给有关的官吏,把它投入到水里或火里,永远地断绝根本,消除天下人的迷惑。使得普天下的人,知道圣明天子的所作所为,高出平常人太远太远了。这样做,难道不是件盛大的事吗!难道不令人痛快吗!佛如果真的有灵气,能够制造灾祸为害,凡有灾祸,应该施加在我的身上,老天在上面看着,我决不埋怨不后悔。我心情激动,极其诚恳地、恭恭敬敬地奉上奏表,把我的想法报告给陛下知道。

　　臣韩愈诚惶诚恐。

子产不毁乡校颂

【题解】

子产是春秋末期郑国的政治家,郑简公、定公时宰相,执政二十余年,深得民心。《左传·襄公三十一年》记载:郑国的民众常到乡学里行走,聚在一起议论掌权者施政的得失。然明建议毁掉乡学,但子产认为这样才能集思广益。所以他不但不毁乡学,反而把乡学的议论看作是自己的老师,唐德宗贞元十四年(公元798年),国子司业阳城被贬谪为道州刺史,太学生200多人为此到皇庭外跪地请愿,要求留下阳城,经过几天,奏章得不到上达。而阳城被贬官又是因为他给因直言获罪的太学生薛约送行。可见当时言论之不民主。韩愈这篇文章就是因这桩事而作的。他借赞颂子产不毁乡校,讽刺当世的掌权者。

文章以"我思古人"开头,以"我思古人"结尾,思古实为慨今。以《左传》所载原意成文,通篇有韵。

"颂"的名称来源于《诗经》,是一种文体。

【原文】

我思古人,伊郑之侨[1]。以礼相国,人未安其教[2];游于乡之校,众口嚣嚣[3]。或[4]谓子产,毁乡校则止。曰:"何患焉!可以成美[5]。夫岂多言,亦各其志[6];善也吾行,不善吾避,维善维否[7],我于此视。川不可防,言不可弭[8],下塞上聋[9],邦其倾矣。"既乡校不毁,而郑国以理[10]。

在周之兴,养老乞言[11];及其已衰,谤者使监[12]。成败之迹,昭哉可观。维是子产,执政之式,维其不遇[13],化止一国。

诚率是道,相天下者,交畅旁达,施及无垠[14]。于罼[15]！四海所以不理,有君无臣[16]。谁其嗣之？我思古人！

【注释】

[1]伊郑之侨：伊,发语词。侨,子产名公孙侨。[2]人未安其教：人,指郑国人民。安,适应、习惯。教,教化。[3]众口：众人的议论。嚣嚣：嘈杂、喧闹的样子。[4]或：有人,指然明。然明为郑国大夫。[5]成美：成就善政。[6]各其志：即各言其志。各人说自己的意见。[7]维善维否：维句首助词。否(pǐ)：恶的意思。[8]防：堤。弭：止息。[9]下塞上聋：下对老百姓堵塞言路,上边的统治者就像聋子听不到意见。《春秋谷梁传》文公六年："上泄则下腥,下腥则上聋,且腥且聋、尤以相通。"[10]既乡校不毁,郑国以理：既,已、已经。理,治理。《左传·襄公三十年》记载子产执政三年后,众人赞颂他说："我有子弟,子产诲之；我有田畴,子产殖之；子产而死,谁其嗣之！"[11]养老乞言：语出《礼记·文王世子》,意思是：养一些德高望重的老人,以便向他们求教。[12]谤者使监：语出《国语·周语》："厉王虐,国人谤王。……王怒,得卫巫,使监谤者,以告,则杀之。"意思是：派人去监视那些对朝政提意见的人。[13]维其不遇：指子产生在春秋列国分治的时候。不遇,不逢时。[14]施及无垠：施,延长、扩展的意思。垠,边际。[15]于罼：同"呜呼"。[16]有君无臣：有圣明的君主而没有子产那样的贤臣。

【译文】

我思慕古人,那个郑国的公孙侨。他用礼治理国家,开始民众还不习惯他的教化；到乡学里行走,聚在一起嘈杂喧闹地议论政务处理的对错。有人建议子产说,毁掉乡学议论就止住了。子产说："怕什么呢！议论可以帮助达到美政。哪里就多议论了？不过各抒己见；说得对的我照着去做,说得不对的我可以加勉,好和坏,我可以从它得到比照。河流不可以筑堤堵塞,言论不应该制止,对老百姓堵塞言路,执政的人就成了聋子,邦国就要覆灭了。"没有毁掉乡校,郑国得到治理。

在周朝兴盛的时候,皇帝和他的长子常养着一些德高望重的老人,以便向他们求教；到它已衰微的时候,却要派人去监视对朝政发议论的人。成功失败的迹象,明显可见。这个子产,是掌握政权处理政务的榜样,但他生不逢时,只能教化一个小国。如果循着子产的道路,那么治理天下的人,就能真正四通八达,扩展到无边无际。唉!四海之内所以得不到治理,是因为有圣君没有贤臣,有谁来继承子产呢?我思慕古人!

圬者王承福传

【题解】

　　这是一篇传记性记叙文。文中通过对泥瓦工人王承福生平的简要叙述和作者的评议,特别是通过对王承福自己的话的描写,塑造了一个自食其力的劳动者的朴实形象,歌颂了他帮助残疾病弱者的精神境界,同时还讽刺了那些贪求富贵"食焉怠其事"和才低位高的当权者。但是,他批评王承福这样安分的劳动者为自己打算太多,为别人想得太少,甚至是个学杨朱之道的自私自利者,显然是错误的。此外,本文中还宣扬了儒家的"劳心者治人,劳力者治于人"的错误观点。

【原文】

　　圬[1]之为技,贱且劳者也。有业之,其色若自得者。听其言,约而尽。问之,王其姓,承福其名。世为京兆[2]长安农夫。天宝之乱[3],发人为兵,持弓矢十三年,有官勋,弃之来归。丧其土田,手镘[4]衣食,余三十年。舍于市之主人,而归其屋食之当焉。视时屋食之贵贱,而上下其圬之佣以偿之,有余,则以与道路之废疾饿者焉。

　　又曰:"粟,稼而生者也;若布与帛,必蚕绩而后成者也;其他所以养生之具,皆待人力而后完也:吾皆赖之。然人不可遍[5]为,宜乎各致其能以相生也。故君者,理我所以生者也;而百官者,承君之化者也。任有小大,惟其所能,若器皿焉。食焉而怠其事,必有天殃,故吾不敢一日,舍镘以嬉。夫镘易能,可力焉,又诚有功,取其直[6],虽劳无愧,吾心安焉。夫力,易强而有功也;心,难强而有智也。用力者使于人,用心者使人,亦其宜也。吾特择其易为而无愧者取焉。嘻!吾操镘以入富贵之家有年矣;有一至者焉,又往过之则为墟[7]矣;有再至、三至者焉,而往过之,则为墟矣。问之其邻,或曰:'噫!刑戮[8]也。'或曰:'身既死而其子孙不能有也。'或曰:'死而归之官也。'吾以是观之,非所谓食焉怠其事而得天殃[9]者邪?非强心以智而不足、不择其才之称否而冒之者邪?非多行可愧、知其不可而强为之者邪?将贵富难守、薄功而厚飨[10]之者邪?抑丰悴[11]有时、一去一来而不可常者邪?吾之心悯[12]焉。是故择其力之可能者行焉。乐富贵而悲贫贱,我岂异于人哉?"

又曰:"功大者,其所以自奉也博,妻与子,皆养于我者也。吾能薄而功小,不有之可也。又吾所谓劳力者,若立吾家而力不足,则心又劳也。一身而二任焉,虽圣者不可能也。"

愈始闻而惑之,又从而思之,盖[13]贤者也。盖所谓独善其身[14]者也。然吾有讥焉,谓其自为也过多,其为人也过少,其学杨朱[15]之道者邪?杨之道,不肯拔我一毛而利天下,而夫人[16]以有家为劳心,不肯一动其心,以畜其妻子,其肯劳其心以为人乎哉?虽然,其贤于世之患不得之而患失之者[17],以济[18]其生之欲、贪邪而亡道[19]、以丧其身者,其亦远矣。又其言有可以警余者,故余为之传,而自鉴焉。

【注释】

[1]圬(者):泥瓦工人。[2]京兆:汉代京畿的行政区划名,即今陕西西安市以东至华县之地。后世因此称京都为京兆。[3]天宝之乱:天宝,唐玄宗年号(公元742—755年)。为唐王朝极盛时期。天宝十四年冬,官拜平卢、范阳、河东三镇节度使的安禄山在范阳起兵叛乱,先后攻陷洛阳、长安,历时七年才平息叛乱,史称安史之乱。[4]手镘(màn):泥瓦匠抹墙、砌砖用的抹子,俗称泥刀。[5]遍:全面、遍及。[6]直:同"值",价值,指工资。[7]墟:废墟。[8]刑戮:犯法受到刑罚或被处死。[9]天殃:天降的灾祸。[10]将:还是。飨(xiǎng):用酒食款待人。此处指享受。[11]抑:连词,表示选择,还是、或。丰悴:盛衰。[12]悯:哀怜。[13]盖:大概,也许。[14]独善其身:独自保持自身的美好纯洁。《孟子·尽心上》:"穷则独善其身,达则兼济天下。"[15]杨朱:战国时魏人,字子居,

又称杨子、阳子或阳生。生活的时代在墨子之后,孟子之前。他的学说重在爱己,不以物利,不拔一毛以利天下,与墨子的"兼爱"相反。他的著述没有留传下来。他的学说散见于先秦诸子著述。[16]夫人:这个人,指王承福。[17]患不得之而患失之者:既担心得不到好处又担心失去好处的人。[18]济:满足,救助。[19]贪邪而亡道:贪求无厌、奸邪不正而没有道德。

【译文】

泥瓦匠这门手艺,是低贱而且劳累的。有个以它为生的人,神态好像自得其乐的样子。听他讲话,简单而且明白,我问他,知道了他姓王,承福是他的名字。世代都是京都长安的农人。天宝年间安史之乱时,招募人当兵,他就拿着弓箭当了十三年兵,立了功勋可以当官,但放弃当官回了家。他家的土地已经丧失,靠拿着泥刀维持衣食,已经三十多年了。他住在街市上的主人家里,而以相应的价值偿还房租和伙食费。剩下来的,就把它施舍给路边的残废饥饿的人。

王承福又说:"小米,是要种田才能生出来的;就像布和绸缎一样,必需养蚕纺织才能制成;其他的所有用来维持生活的器物,都是要依靠人劳动才能完成的:我生活中都要依赖这些东西。但是一个人不可能全部自己去制作,应该各人尽他的能力来互相养活。所以做国君的,是教导我们怎样生活的人;各种官吏,是秉承君王的指示来教化我们的人。责任有大有小,只是各尽所能,就像器皿一样大小不同用处不一。拿着报酬却怠惰该干的事情,必然遭到天降的灾祸,所以我一天也不敢丢下抹刀去玩耍。泥瓦工是容易做的,只要有力气就可以了,又实在可以做出成绩来,得到工资,虽然劳累但无愧于心,我的心情是安定的。力气这个东西,是容易强行发挥并做出成绩来的;脑筋,却难以强逼它聪明起来。所以,从事体力劳动的人被人使唤,从事脑力劳动的人使唤人,这也是应当的。我特地选择那容易做而又无愧于心的事来做。唉!我拿着泥刀到富贵人家去干活有很多年了;有到过一次的,又再经过时已经成为废墟了;有到过两次、三次的,后来再去,已变成废墟了。询问这家的邻居,有的回答说:'唉!犯了罪遭杀头了。'有的说:'主人已经死了,他的子孙不能保住产业。'又有人说:'主人死后房产归公了。'我由此看来,他们不是所说的拿着报酬而懈怠工作因而遭到天降的灾祸的人吗?不是硬要使自己脑子聪明起来而达不到,却不考虑自己能否胜任工作而盲目去干的人吗？不是做了许多可耻的事，知道不能做硬要勉强去做的人吗？还是富贵难以守住，功劳小而享受多的人呢？还是盛衰有一定的时候，一去一来不能永远保持兴盛的人呢？我的心里为此感慨，因此选择了力所能及的事情做。喜欢富贵的生活而哀叹贫贱的日子，我难道不同于别人吗？

王承福又说："功劳大的人，自己的日常供养丰富，妻子和儿子，都由他来养活。我的能力弱而功劳小，不要妻子儿女也可以了。我又是一个所说的体力劳动者，如果我成了家，而又无能力养家，那么脑子里又要犯愁了。一个人要担任体力劳动，又要动脑筋，虽然是圣人也不能够做到。"

我开始听到王承福的话感到不解，接着又想了想，才知道他是个贤明的人。是人们所说的独善其身的人。但是我对他要批评一下，说他为自己考虑得过多，对别人考虑得太少，他大概是学习杨朱学说的人吧？杨朱的学说主张，不肯拔自己的一根毫毛而有益于天下，而这个人把有家室当成劳心，不肯动一点心思，来养活妻儿，他还肯用脑筋来为别人吗？虽然是这样，但他比起世上的患得患失的人，比起为了满足自己的欲望而贪求不厌奸邪不正没有道德、以致丧失生命的人来，还是贤明得多了。而且他的话有可以警示我的地方，所以我为他写传，以此作为自己的借鉴。

送 穷 文

【题解】

本文作于唐宪宗元和六年(公元811年)。送穷,是一种送穷鬼的民间习俗。穷鬼详见注解。

韩愈由于富于才气,文章写得极好,又倡导古文运动,在士林中很有威望,不少人以他为师。但是他的生活经历却很坎坷。四次赴进士试才得中,三次参加吏部博学宏词试却没有一次考取。不得已奔走于权门,上书求职,屡遭冷遇。公元791年考取进士,公元802年才得入仕长安任国子监博士,一年后被贬为阳山县令,以后虽然担任过监察御史等职,却都难以施展他治国经邦的抱负,且由于他性情耿直,文章声望高,常遭到妒忌、诽谤和排挤。他对于自己这种处境深感愤懑,把它看成是由于五个穷鬼作祟,曾经想摆脱它,但是终究还是不愿为改变处境而放弃自己做人、为文、交友、处世的原则,而对之处之泰然了。所以,名为送穷,实则固穷。

文章构思别出心裁,主人和鬼的对话,生动而深刻地道出了作者的处境和内心的思想活动。

【原文】

元和六年正月乙丑晦[1],主人使奴星结柳作车,缚草为船,载粮与粢[2],牛系轭[3]下,引帆上樯[4]。三揖穷鬼[5]而告之曰:"闻子行有日矣,鄙人不敢问所涂[6],窃具[7]船与车,备载糇粢,日吉时良,利行四方,子饭一盂,子啜一觞,携朋挚俦,去故就新,驾尘彍风[8],与电争先。子无底滞之尤[9],我有资送之恩,子等有意于行乎?"

屏息潜听,如闻音声,若啸若啼,砉欻嘤嘤[10],毛发尽竖,竦肩缩颈,疑有而无,久乃可明。若[11]有言者曰:"吾与子居,四十年余,子在孩提[12],吾不子愚,子学子耕,求官与名,惟子是从,不变于初[13]。门神户灵,我叱我呵,包羞诡随[14],志不在他[15]。子迁南荒[16],热烁湿蒸,我非其乡,百鬼欺陵[17]。太学四年,朝齑[18]暮盐,惟我保汝,人皆汝嫌[19]。自初及终,未始背汝,心无异谋,口绝行语,於何所闻,云我当去?是必夫子信谗,有间[20]于予也。我鬼非人,安用车船,鼻齅[21]臭香,糗粻可捐[22]。单独一身,谁为朋俦,子苟备知,可数已不[23]?子能尽言,可谓处圣智,情状既露,敢不回避。"

主人应之曰:"子以吾为真不知也邪?子之朋俦,非六非四,在十去五,满七除二[24],各有主张,私立名字。捩手[25]覆羹,转喉[26]触讳,凡所以使吾面目可憎、语言无味者,皆子之志[27]也。其名曰智穷:矫矫亢亢[28],恶圆喜方[29],羞为奸欺,不忍伤害;其次名曰学穷:傲数与名[30],摘抉杳微[31],高挹[32]群言,执神之机[33];又其次曰文穷:不专一能,怪怪奇奇[34],不可时施,只以自嬉[35];又其次曰命穷:影与形殊,面丑心妍[36],利居众后,责在人先;又其次曰交穷:磨肌戛骨[37],吐出心肝,企足[38]以待,置[39]我仇冤。凡此五鬼,为吾五患,饥我寒我;兴讹造讪[40],能使我迷,人莫能间。朝悔其行,暮已复然。蝇营狗苟[41],驱去复还。"

言未毕,五鬼相与张眼吐舌,跳踉偃仆[42],抵掌[43]顿脚,失笑相顾。徐谓主人曰:"子知我名,凡我所为,驱我令去,小黠大痴[44]。人生一世,其久几何?吾立子名,百世不磨。小人君子,其心不同,惟乖[45]于时,乃与天通。携持琬琰[46],易一羊皮,饫于肥甘[47],慕彼糠糜[48]。天下知子,谁过于予,虽遭斥逐,不忍子疏,谓予不信,请质[49]《诗》《书》。"

主人于是垂头丧气,上手[50]称谢,烧车与船,延之上座。

【注释】

[1]元和:唐宪宗年号,元和六年即公元811年。晦:阴历每月最后一天。[2]糗(qiǔ):稀饭。粻(zhāng):干粮。[3]轭:套牲口拉车,扼在牛马颈上的木具。[4]樯:船的桅杆。[5]穷鬼:《文宗备问》言,颛顼高辛时,宫中生一子,不著完衣,宫中号为穷子,其后正月晦死。宫中葬之,相谓曰:今日送却穷子。自此以后相沿成俗。又,《四时宝鉴》记载:高阳氏子好穿破衣,吃稀饭。正月晦日死。世人到这天备办破衣、扔稀饭祝祷,称为"除贫"。[6]涂:同"途"。[7]窃具:私下准备。[8]驾尘:指牛车奔驰扬起尘土。馲(kuò)风:指风鼓船帆,顺势而行。馲,张满。[9]底滞:停滞,闭塞。尤:怨恨。[10]煦欨(xū xū):声音细碎。嚘嘤(yōu yīng):杂声。[11]若:好像。[12]子:对人的尊称。孩提:指初知发笑,尚在襁褓中的幼儿。[13]不变:没有改变。初:初衷。[14]包羞:容忍羞耻。诡随:诡橘善变。[15]他:别的,其他的。[16]子迁南荒:指韩愈被贬为阳山县令,阳山在湖南,当时人认为是蛮荒之地。[17]欺陵:陵通"凌",即欺凌。[18]齑(jī):腌菜或酱菜。[19]嫌:嫌弃。[20]间:离间,疏远。[21]齅:同"嗅"。臭(xiù):气味。[22]捐:舍弃。[23]数:一一列举。已不:同"与否"。[24]非六非四、在十去五、满七除二都是指五个。[25]捩(liè)手:转手。捩,扭转。[26]转喉:指说话。[27]志:意志。[28]矫矫:翘然出众貌。亢亢:正直、刚直貌。[29]恶圆:厌恶圆滑。喜方:喜欢方正。[30]傲数与名:傲,高傲。数,技艺。名,事物的称号。此句意指不重视对一些技艺和概念的学习与研究。[31]摘抉杳微:摘抉,选取抉择。杳(yǎo)微:深远细微。[32]挹:舀取。[33]挈神之机:神,指自然规律。机,枢机,比喻事物运动的关键。[34]怪怪奇奇:指韩愈的文章新、奇,不合流俗。[35]自嬉:自娱。[36]妍:美好。[37]磨肌戛骨:抚摩肌肉,敲击骨头,形容人内外反省,待人至诚。[38]企足:踮起脚跟,表示盼望。[39]置:安放。[40]讹:谣言。讪:诽谤。[41]蝇营狗苟:像苍蝇般飞来飞去,像狗一样地苟且偷生。[42]跳踉(liáng):跳跃。偃仆:仰倒伏跌。[43]抵掌:击掌。[44]小黠大痴:小事上聪明,大事上痴傻。[45]惟:虽然。乖:背离。[46]琬琰(wǎn yǎn):美玉。此处指美德。[47]饫:饱。肥甘:美味。[48]糠麋:粗劣的食物。[49]质:问,对照。[50]上手:举手。

【译文】

元和六年正月三十日,主人吩咐仆人星用柳条编结成车,用稻草绑扎成船,装载了稀饭和干粮,牛驾上了车轭,船帆挂上了桅杆。给穷鬼作了三个揖,祝告说:"听说您将要走了,我不敢问你要到何处去,私下里准备了船和车,装载着稀饭和干粮,现在是吉日良辰,利于行走四方,您吃一碗饭,饮一杯酒,带着您那些朋友同伙,离开旧主人到新主人那里去,驾着牛车奔驰,尘土飞扬,张满船帆,顺风远行,同闪电比快速。如此一来,您没有了停滞的怨恨,我有了资助您另选他处的恩惠,你们有走的打算吗?"

抑制住呼吸悄悄地听,好像听到声音,像是啸又像是啼,声音细碎且杂乱,使人毛发竖立,耸肩缩脖,怀疑有声音又像没有,时间长了才听明白。好像有个声音说:"我和你一起生活,已经四十多年,你还在是襁褓中的幼儿时,我不嫌你愚笨,你钻研学问辛勤写文章,为了求取官职与名望,我都听从你,没有改变初衷,那护卫门户的神灵,叱责呵骂我,我容忍着羞耻,随机应变,也没有别的打算。你被贬到南方蛮荒地方来,烈日炙烤,湿气熏蒸,没有我在那里,各种鬼都要来欺负你。你在太学做了四年博士,早饭吃的咸菜,晚饭吃的咸盐,只有我保护你,别人都嫌弃你。从始至终,我都没有背叛过你,心里没有其他打算,口里没有说过要走的话,你从哪里听说了什么,说我就要离去?想必是夫子你听信了谗言,有了和我疏远的想法。我是鬼不是人,哪里用得着车船,鼻子闻一闻香气就行,稀饭干粮可以免了,我孤身一人,哪个是我的朋友同伴,你如果知道,可以把他一一列举出来吗?你能把心中的话完全说出来,可以称得上通达而有智慧的人,我的情况已经暴露,哪里还敢不回避。"

主人回答他说:"你以为我是真的不知道吗?你的同伴,不是六不是四,在十个中去掉五个,足七个去掉二个,他们都各有主见,自己取了名字。你们使我一转手就打翻了羹汤,一张口就触犯了忌讳,凡是使我面目可憎、语言无味的行为,都是你们的意志决定的,其中一个的名字叫智穷:使我刚直不群,讨厌圆滑喜欢方正,羞于去做奸狡欺诈的事,不忍心伤害别人;其中的另一个名叫学穷:使我不重视对一些技艺和概念的学习与研究,专门去揭示那些深远细微的道理,吸取各种意见,掌握了自然规律的关键;再一个叫文穷:使我不能专于一种文体,写出的文章新奇,不合俗流,不能在现实中发挥作用,只能用它自娱罢了;第四个名叫命穷:使我影子和肉身不一样,面目丑陋而内心美好,得利在众人之后,受罚在众人之先;第五个叫交穷:使我内外反省至诚待人,乃至吐出心肝,踮起脚跟盼望朋友,别人却把我当作仇敌冤家。总共这五个鬼,都是我的五种祸患,使我饥饿,使我寒冷,谣言兴起毁谤出现,使我迷惑,没有人能离间我们。我早上后悔自己的行为,晚上又已恢复原样。你们像苍蝇般飞来飞去,像狗一般苟且偷生,赶走了又回来。"

话没有说完,五个鬼互相瞪眼睛吐舌头,跳跃仆倒仰跌,击掌顿足,边笑出声来边互相看着。缓缓地对主人说:"你知道我们的名字,和我们的所作所为,驱赶我们叫我们离开,这是小聪明大痴傻。人生一世,会有多久呢?我们为你建立的名声,永远不会磨灭。小人和君子,各人的心思不相同,只是不合于时,但却与天道相通。携带着美玉,却想换取一张羊皮,饱尝着美味,却去羡慕粗劣的食物。天下了解你的,谁能超过我们,虽然遭到你的斥责驱赶,不忍心与你疏远,我们说的话如果认为不可信,请查对一下《诗经》和《书经》。"

主人于是垂头丧气,举起手来道谢,烧掉车和船,请他们到上席就坐。

鳄鱼文

【题解】

韩愈因元和十四年正月上表谏阻迎佛骨,正月十四日被唐宪宗贬为潮州刺史。四月下旬韩愈到达潮州,接印视事,了解到当时恶溪有鳄鱼为患,老百姓家畜被吞食,受害者不计其数。于是韩愈派秦济设祭,并写了此文。传说自那以后潮州地方再也没有鳄鱼为害了。传说当然不足信,但从中反映出韩愈是关心人民疾苦的。

【原文】

维[1]年月日,潮州刺史韩愈使军事衙推[2]秦济,以羊一、猪一,投恶溪之潭[3]水,以与鳄鱼食,而告之曰:

昔先王既有天下,列[4]山泽,罔绳擉[5]刃,以除虫蛇恶物为民害者,驱而出之四海[6]之外。及后王德薄,不能远有,则江汉之间,尚皆弃之,以与蛮、夷、楚、越;况潮,岭海之间[7],去京师万里哉!鳄鱼之涵淹卵育于此,亦固其所。

今天子[8]嗣唐位,神圣慈武[9],四海之外,六合[10]之内,皆抚而有之;况禹迹所揜[11],扬州之近地[12],刺史、县令之所治,出贡赋以供天地宗庙百神之祀之壤者哉!鳄鱼其不可与刺史杂处此土也。刺史受天子命,守此土,治此民,而鳄鱼睅然[13]不安溪潭,据处食民畜、熊、豕、鹿、獐,以肥其身,以种其子孙;与刺史亢拒,争为长[14]雄。刺史虽驽弱,亦安肯为鳄鱼低首下心,伈伈睍睍[15],为民吏羞,以偷活于此邪[16]!且承天子命以来为吏,固其势不得不与鳄鱼辨。

鳄鱼有知,其听刺史言:潮之州,大海在其南,鲸、鹏之大,虾、蟹之细,无不归容,以生以食,鳄鱼朝发而夕至也。今与鳄鱼约:尽三日,其率丑类[17]南徙于海以避天子之命吏;三日不能,至五日;五日不能,至七日;七日不能,是终不肯徙也。是不有刺史、听从其言也;不然,则是鳄鱼冥顽不灵,刺史虽有言,不闻不知也。夫敖天子之命吏[18],不听其言,不徙以避之,与冥顽不灵而为民物害者,皆可杀。刺史则选材技吏民,操强弓毒矢,以与鳄鱼从事[19],必尽杀乃止。其无悔!

【注释】

[1]维:句首助词。[2]潮州:州名,治所在今广东潮安县。刺史:州的行政长官。军事衙推:刺史的属官。[3]恶溪:指潮安县内的韩江。潭:水深之处。[4]烈:同"烈",焚烧。[5]罔:同"网",编结。擉(chuō):刺。[6]四海:古代以为中国四周皆有海,所以把中国作为海内,外国叫海外。四海,意同天下。[7]岭海之间:岭,指五岭。海,指南海。[8]今天子:指唐宪宗李纯(公元806—820年)。[9]神圣慈武:对皇帝的颂扬之词。[10]六合:天地四方。此指宇宙之内。[11]摅:至,到。[12]扬州:传说禹分天下为九州,扬州为其一,潮州古属扬州地域。近地:腹地。[13]睅(hàn)然:睁大眼睛,无所畏惧的样子。[14]长:列首位者。[15]伈伈睍睍:恐惧害怕眯着眼睛看东西。[16]邪:同"耶"。[17]丑类:指大小鳄鱼。[18]夫:语气词,表示发议论。敖:通"傲"。命吏:天子委派的官吏。命,帝王按官职等级赐给臣下的衣物和服装等。吏,官吏。[19]从事:指以和鳄鱼斗争为任务。

【译文】

某年某月某日,潮州刺史韩愈派军事衙推官秦济,把一头羊、一头猪,投入到恶溪的深潭中去,用它给鳄鱼享用,同时劝告它说:

从前天王已经拥有天下,就用火烧山林草木茂盛的地方,用绳结成的网来捕捉和用刀来刺杀,以便清除为害民众的虫、蛇等凶恶的东西,将他们驱逐出四海的外面。到了后代帝王的威信下降,不能统治远的地方,就是长江、汉水一带,尚且都放弃了,把它给了少数民族;何况是潮州,居于五岭和南海之间,离京师长安有万里之遥啊!鳄鱼在这里潜伏、繁殖,也本来是自然的。

　　现在的天子继承唐朝的大位,神圣慈爱英武,四海之外,宇宙之内,都加以安抚而拥有了它;何况是大禹的足迹所到过的地方,扬州地区的腹地,是刺史、县令所管理,进献贡品、赋税,供应皇上祭祀天地、祖宗神庙以及各种神道的地方呢!鳄鱼应该是不可以和刺史同住在这片土地上的。刺史奉天子的委派,镇守这个地方,治理这里的民众,而鳄鱼睁大眼睛无所畏惧,不安安分分地潜伏在深潭里,却盘踞在栖息的地方吃百姓的家畜和熊、野猪、鹿、獐等,来养肥自身,来繁殖子孙;和刺史对抗,争个高下。刺史虽然低能懦弱,也哪里愿意向鳄鱼低头赔小心,眯着眼睛诚惶诚恐,给老百姓和当官的丢脸,苟且偷生地活在这里呢!而且我奉皇上的命令到这里来做官,本来事实上就不得不和鳄鱼交涉。

　　鳄鱼如果有知觉,好好听刺史的话:潮州这个地方,大海在它的南面,大到鲸鱼、大鹏,小到细虾、螃蟹,没有什么大海不能容纳,在那里生活在那里吃喝,鳄鱼早上动身晚上就可以游到那里了。现在我和鳄鱼约定:三天之内,带着你的同类南迁到海里去,避开天子的命官;三天不行,就五天;五天不行,就七天;七天还不行,是最终不愿迁移了。是心目中没有刺史,不听从我的话了;不然的话,就是鳄鱼愚蠢顽固,刺史虽然说了这番话,仍然等于没听见不知道。要知道,藐视天子派遣的官吏,不听他的话,不迁移避开他,以及愚蠢顽劣,不听教训,成为百姓的大害的,都可以杀掉。刺史就要挑选武艺高强的当差的和老百姓,拿起硬弓毒箭,以和鳄鱼战斗为任务,必定要完全杀掉所有鳄鱼才罢休。希望你不要后悔!

蓝田县丞厅壁记

【题解】

　　这是一篇记叙文。记叙的是崔立之任蓝田县丞后重新修葺、粉刷县丞厅壁的事。文章以"丞之职所以贰令"发端,写到为了避免侵夺县令之权的嫌疑,对政务只得不置可否,继而通过"吏抢成案诣丞"等细节描写,反映出县丞受制于吏和被吏轻视、被世人瞧不起的情状。第二段写崔立之本是有才华的人,屈居县丞职务也想好好尽职,但经过"既噤不得使用"的碰壁之后,只得发出"余不负丞,而丞负余"的感慨。以后他就去掉棱角,循着县丞的老路,做个不问政务的闲散官。

　　作者通过县丞职位虽高,却无权处理政务,处处为吏所制这些事例的记述,为崔立之的满腹经纶不得施展鸣不平,从而也揭露了封建统治者内部的矛盾,和封建官僚制度的腐朽。

　　本文采用了夹叙夹议的写作手法。语言生动、简练、幽默,崔氏的愤懑和作者的不平都是含蓄地表露出来。

【原文】

　　丞之职所以贰令[1],于一邑无所不当问[2]。其下主簿、尉,主簿、尉乃有分职[3]。丞位高而逼,例以嫌不可否[4]事。文书行,吏抱成案诣[5]丞。卷其前钳以左手,右手摘纸尾,雁鹜行以进,平立睨丞曰:"当署[6]。"丞涉笔占位署惟谨[7]。目吏问:"可不可?"吏曰:"得。"则退。不敢略省[8],漫不知何事。官虽尊,力势反出主簿、尉下。谚数慢,必曰丞,至以相訾警[9]。丞之设,岂端[10]使然哉!

博陵崔斯立种学绩文,以蓄其有泓涵演迤[11],日大以肆[12]。贞元初,挟其能战艺于京师,再进再屈千人[13]。元和[14]初,以前大理评事言得失[15]黜官,再转[16]而为丞兹邑。始至,喟曰:"官无卑,顾材不足塞职[17]。"既噤不得使用,又喟曰:"丞哉!丞哉!余不负丞,而丞负余!"则尽枿去牙角[18],一蹊故迹[19],破崖岸[20]而为之。

丞厅故有记,坏漏[21]污不可读。斯立易桷[22]与瓦,墁治[23]壁,悉书前任人名氏。庭有老槐四行,南墙钜竹千梃[24],俨立若相持[25],水㶁㶁循除[26]鸣。斯立痛扫溉,对树二松,日哦[27]其间。有问者辄[28]对曰:"余方有公事,子姑去。"

考功郎中知制诰韩愈记[29]。

【注释】

[1]丞:县丞。汉制每县置丞一人,辅助县令。历代相因。贰令:县丞为县令的副手,所以称贰令。贰,副。[2]无所不当问:中国书店1991年版《韩昌黎全集》作"无所一当问"疑误,今从另本改之。[3]主簿:官名。汉以后中央各机构及地方郡、县官府都设有主簿,负责文书簿籍,掌管印鉴,为掾史之首。这里指县主簿。尉:官名。唐时县署设尉二人,分理各司。[4]逼:侵迫。县丞职位仅次于县令,他若认真问事,就可能侵犯县令的职权,他职位又比主簿和尉高,所以说位高而逼。嫌:嫌疑。可否:同意和否决。[5]文书行:文书将要发出。成案:已办好的公文案卷。诣:至,到。[6]钳:夹。摘:选取。雁鹜(wù):野鸭。睨:斜看。署:署名。[7]涉笔:动笔。谨:小心谨慎。[8]略省:粗略地看一看。省(xǐng):察看。[9]谚:民间俗语。数:计算。慢:迟缓,这里指闲散的官。訾㦧(zǐ biǎn):诋毁。[10]端:始,开头。[11]博陵:古县名,在今河北境。崔斯立:字立之,博陵人,一说清河(在今河北境)人。种:耕种。绩:纺线。蓄:积累。泓涵:包容宏深。演迤(yí):延伸、流布。[12]肆:不受拘束。[13]挟(xié):依恃、怀抱着。战艺:比试才学技艺,即指参加考试。崔立之贞元四年中进士,贞元六年中吏部博学宏词科,故称再进再屈。屈,通"倔",倔起,高出别人。千人:泛指参试的众人。李汉编《韩昌黎全集》认为,参加博学宏词试的人甚少,作千人恐非是,所以"千"字作缺。[14]元和:唐宪宗年号。[15]大理评事:大理寺评事。大理寺:掌管刑狱的官署。设评事八人,从八品下,掌平决刑狱。得失:指朝政的得失对错。[16]转:调迁。[17]顾:连词。只是。塞职:尽职。[18]枿(niè):树木经砍伐后重新生长的枝条。牙角:锋芒头角。尽:止,终。去:清除,弃。[19]蹊:踩、登。故迹:旧的足迹,指老习惯。[20]崖岸:山崖、堤岸。比喻人的性情高傲。[21]坏漏:

指壁坏屋漏。[22]易:更换。桷(jué):方的椽子。[23]墁:同"槾",涂墙的工具,此处作动词,涂抹粉刷的意思。治:整治,修理。[24]钜竹:大竹。梃(tǐng):条状物的计量单位。[25]俨:昂首貌。相持:双方对立,互不相让。[26]漷(guó)漷:流水声。除:台阶。[27]痛:尽情地。扫溉:清扫洗涤。树:种、植。哦:吟哦,吟诗。[28]辄:总是。[29]考功郎中知制诰:官名。以考功郎中兼知制诰。考功郎中属吏部,掌官吏功过考绩事宜。知制诰,唐初以中书舍人为之,掌外制。开元末,改翰林供奉为学士院,入院一年,则迁任知制诰,管内命。

【译文】

县丞的职责是当好县令的副手,对于全县的事情没有什么不应当过问的。在他的下面是主簿、县尉,他人各有分管的职务。县丞职位比主簿、县尉高,仅次于县令,向来为了避免与县令争权之嫌,对公事不置可否。文书将要发出,县吏抢着已办好的公文案卷来到县丞面前,把文件的前部分卷起用左手夹住,右手选出文件的末尾部分,斜着走过去,直着身子站在那里斜眼看着县丞说:"你应当签名。"县丞握起笔谨慎小心地在署名的地方写上自己的名字。看着县吏问:"可不可以?"县吏说:"可以了。"就退了出去。县丞不敢稍稍看一看文件内容,茫然不知处理的是什么事情。县丞官位虽然尊贵,权力和威势反而在主簿、县尉之下。百姓中间说到闲散官员,必定举县丞为例,以至到了用县丞的闲散无用来互相诋毁。县丞这个官职的设置,难道开始就是这样的吗!

博陵人崔斯立在学习和写作这块园地里辛勤耕耘,为的是积累知识和才干,使他的知识如大海包容深广,浩浩奔流,日愈壮大,无边无际。贞元初年,他依恃自己的知识才华,在京城参加考试,两次得中两次压倒千人。元和初年,因为担任大理寺评事时谈论朝政的对错被贬官,再次调迁而当县丞来到这个地方。初来时,他感叹说:"官无尊卑大小之分,只怕才能不能够尽职。"当经过事事不能过问,无所作为的阶段后,他又感慨说:"县丞啊!县丞啊!我不辜负县丞这个职位,但这个职位却辜负了我!"于是便去掉棱角锋芒,一切照老路走,改变了高傲和不随和的性格而平庸地做着县丞。

县丞办公的厅堂里原来刻有一篇壁记,由于屋漏已毁坏脏污字迹不能辨认。崔斯立更换了椽子和屋瓦,修葺一番,粉刷了厅壁,把前几任蓝田县丞的名字全部写在上面。庭院里有四行老槐树,南墙边有大竹千竿,昂首挺立好像互不相让,水沿着台阶哗哗流淌。崔斯立把庭院尽情地清扫洗涤一番,在台阶两旁相对种植了两株松树,每天在树下吟诗。有人问他在做什么,他就回答说:"我正有公事,你暂且离开吧。"

考功郎中知制诰韩愈记。

送孟东野序

【题解】

孟东野：即孟郊（公元751—814年），字东野，唐湖州武康人。年轻时隐居嵩山，与韩愈为挚友。唐德宗贞元十二年考取进士，五十岁时任溧阳尉。序：赠序，临别赠言。

这篇序作于贞元十八年。当时孟郊从溧阳来到长安。在分别时韩愈写此序赠他。因为孟郊在溧阳任上常到郊外饮酒赋诗，政务多废，"令白府以假尉代之，分其半俸"。因而孟郊愤愤不平。为了使孟郊能自我宽解，他写了这篇序送孟郊。文中提出了"不平则鸣"的文学观点，强调文学的自然条件和社会背景。同时既肯定了孟郊"善鸣"，又希望他顺应自然，不必为一时的得失而忧喜。

【原文】

大凡物不得其平则鸣。草木之无声，风挠[1]之鸣。水之无声，风荡之鸣。其跃也，或激之；其趋也，或梗[2]之；其沸也，或炙[3]之。金石之无声，或击之鸣。人之于言也亦然，有不得已者而后言。其歌也有思，其哭也有怀。凡出乎口而为声者，其皆有弗平者乎！乐[4]也者，郁于中而泄[5]于外者也，择其善鸣者而假之鸣[6]。金、石、丝、竹、匏、土、革、木八者[7]，物之善鸣者也。维[8]天之于时也亦然，择其善鸣者而假之鸣。是故以鸟鸣春，以雷鸣夏，以虫鸣秋，以风鸣冬。四时之相推敚[9]，其必有不得其平者乎！

其于人也亦然，人声之精者为言，文辞之于言，又其精也，尤择其善鸣者而假之鸣。其在唐、虞，咎陶[10]、禹，其善鸣者也，而假以鸣。夔[11]弗能以文辞鸣，又自假于韶以鸣[12]。夏之时，五子以其歌鸣[13]。伊尹鸣殷[14]。周公鸣周[15]。凡载于《诗》《书》六艺[16]，皆鸣之善者也。周之衰，孔子之徒鸣之[17]，其声大而远[18]。传曰："天将以夫子为木铎[19]。"其弗信矣乎？其末也，庄周以其荒唐之辞鸣[20]。楚，大国也，其亡也，以屈原鸣[21]。"臧孙辰、孟轲、荀卿[22]，以道鸣者也。杨朱、墨翟、管夷吾、晏婴、老聃、申不害、韩非、慎到、田骈、邹衍、尸佼、孙武、张仪、苏秦之属[23]，皆以其术鸣。秦之兴，李斯鸣之[24]。汉之时，司马迁、相如、扬雄[25]，最其善鸣者也。魏晋氏，鸣者不及于古，然亦未尝绝也。就其善者，其声清以浮，其：节数[26]以急，其辞淫以哀[27]，其志驰以肆[28]，其为言也乱杂而无章。将天丑其德莫之顾邪？何为乎不鸣其善鸣者也？

　　唐之有天下，陈子昂、苏沅明、元结、李白、杜甫、李观[29]，皆以其所能鸣。其存而在下者，孟郊东野始以其诗鸣，其高出魏、晋，不懈而及于古，其他浸淫[30]于汉氏矣。从吾游者，李翱、张籍[31]其尤也。三子者之鸣信善矣。抑不知天将和其声而使鸣国家之盛邪？抑将穷饿其身、思愁其心肠而使自鸣其不幸邪？三子者之命，则悬乎天矣。其在上也奚[32]以喜？其在下也奚以悲？东野之役于江南也，有若不释然者，故吾道其命于天者以解之。

【注释】

　　[1]挠：搅动，搅扰。[2]梗：阻塞。[3]炙：烧烤，引申为煮。[4]乐：音乐。[5]郁：积滞不通的样子。泄：发泄。[6]假：借。[7]指八种乐器。金：指钟。石：指磬。丝：指琴、瑟。竹：指箫、笛。匏（páo）：指笙。土：指埙（xūn）。革：指鼓。木：指柷敔（zhù yǔ）。[8]维：发语词，无意义。[9]四时：指春、夏、秋、冬四季。推敚：推移。敚（duó）：古"夺"字。[10]咎陶（gāo yáo）：一作皋陶。传说是舜的臣子，掌刑狱。偃姓。[11]夔（kuí）：舜时的乐官。[12]韶：韶乐，相传是夔所制的乐曲名。[13]五子：指夏朝国君太康的五个弟弟。《尚书·序》称："太康失邦，昆弟五人，须于洛、汭，作五子之歌。"[14]伊尹：商汤的臣子。名挚，是汤的妻子陪嫁的奴隶。后来辅佐汤讨伐夏桀，被尊为阿衡（宰相）。《尚书·序》载：伊尹曾作《汝鸠》《汝方》《汤誓》《咸有一德》《伊训》《肆命》《徂后》《太甲》等篇。今《尚

书》有《汤誓》《伊训》等篇。殷:即殷商,朝代名。契封于商,至汤灭夏,以商为国号,传至盘庚,迁都殷(今河南安阳小屯村),后来或称商或称殷,或称殷商。[15]周公:即姬旦,据传,周朝的礼乐制度都是由他制订的。[16]六艺:指六经,即《诗经》《书经》《礼经》《乐经》《易经》《春秋》。[17]孔子:名丘,字仲尼,春秋末期著名的思想家、教育家,儒家学说的创始人。[18]其声大而远:指孔子及其学生的言论、学说影响大,流传深远。[19]夫子:指孔子。木铎:以木为舌的大铃。古时宣布政教法令,摇铃召集百姓来听。天将以夫子为木铎:语出《论语•八佾》,意思是以他来宣扬道德、学说,警醒民众。[20]庄周:即庄子,战国时著名思想家,道家学说的代表。作有《秋水》《逍遥游》《齐物论》等篇。荒唐:广大无边际。[21]屈原:约公元前340—前278年,战国时楚国人。名平,字原。楚怀王时任三闾大夫,主张联齐抗秦。后遭靳尚等人诬陷,被放逐。顷襄王时再遭诋毁,贬于江南,见楚国政治腐败,无力挽救,投汨罗江而死。他写了《离骚》《九歌》《天问》等诗作。他的诗篇文辞优美、想象丰富,对后世文学发展有巨大影响。[22]臧孙辰:臧孙,复姓,名辰。即春秋时鲁国大夫臧文仲。《左传•襄公二十四年》:"臧文仲既没,其立言。"孟轲:即孟子,字子舆,战国时著名思想家,和他的学生公孙丑、万章等著书立说,继承孔子学说,发展了儒家思想,其地位仅次于孔子。荀卿:即荀子,名况,战国时赵国人,有著作《天论》《劝学》等三十二篇传世。也是一位儒家。[23]杨朱以下十四人都是战国时思想家。[24]李斯:战国末期楚国人,荀子的学生。秦始皇统一六国后为丞相,为政多有施为,后为赵高诬陷被腰斩于咸阳。著作有《谏逐客书》等。[25]司马迁:西汉时,伟大的史学家、文学家,著有《史记》。相如:即司马相如,字长卿,西汉著名的辞赋家,著有《子虚赋》《上林赋》《大人赋》《长门赋》等。扬雄:字子云,西汉时著名辞赋家,著有《甘泉赋》《河东赋》《长杨赋》《羽猎赋》等。[26]节:节奏。数:频繁。[27]淫:淫靡。哀:哀伤。[28]弛:放纵,松懈。肆:放肆,不守法度,不守规矩。[29]陈子昂、苏沅明、元结、李白、杜甫、李观:这些人都是唐代有名的文学家、诗人。[30]浸淫:慢慢渗透,此处指接近。[31]李翱:韩愈的学生,长于作古文。张籍:韩愈的学生,擅长写乐府。[32]奚:疑问词,为何、如何。

【译文】

凡是事物有了不平的时候就要发出声音。草木本来是没有声音的,风一搅动它们就发出声音。水是没有声音的,风一激荡它就会咆哮。它掀起波涛,是由于水势受到阻遏;它奔流迅速,是因为受到阻塞;它滚滚沸腾,是由于用火煮它。金、石是没声音的,敲打它们就发出声音。人们发表言论也是这个道理,是因为心中有不平才不得不发表言论。人们歌咏是因为有所思念,人们哭泣是因为有所感触。凡是从口里发出声音的,总是都有不平之处吧！音乐，是人们把郁结在心中的感情发泄出来而形成的声音，选择那些善于发出声音的东西借它们来发出声音。金、石、丝、竹、匏、土、革、木这八种是万物中的善于发声者。自然界对于四时也是这样，选择四季中善于发出声音的借它来发声。因此，以鸟在春天啼叫，以雷在夏天轰鸣，以虫在秋天鸣叫，风儿在冬天呼啸。四季的互相更移必然有它的不平之处吧！

对于人也是如此，人的声音中精华的是语言，文采辞藻对于语言，又是它的精华了，更加选择那些善于辞令的人借他们来发表言论。在唐尧、虞舜时代，皋陶、禹是善于文辞的人，就借他们来发表议论。夔这个人不能以文辞发表议论，又自己借助韶乐来抒发感情。夏朝时候，仲康的五个弟弟以他们的《五子之歌》来抒发对仲康的劝诫。伊尹发表议论于殷商。周公发表言论，他们的声音很大传播很远。《论语》说："天将以孔子为大铃，用他来宣扬仁义之道，警醒世人。"这能不相信吗？周朝末年，庄周用他的汪洋恣肆的文辞来发表议论。楚国，是个大国，在它灭亡的时候，用屈原的诗歌来抒发感情。臧孙辰、孟轲、荀卿，他们是以仁义之道发表言论的。杨朱、墨翟、管仲、晏婴、老聃、申不害、韩非、慎到、田骈、邹衍、尸佼、孙武、张仪、苏秦这些人，都是以他们的策略来发表言论的。秦国兴起的时候，李斯发表言论。汉代的时候，司马迁、司马相如、扬雄算是最善于发表言论的了。曹魏和晋的时候，写文章发表言论的赶不上古代，但也没有断绝。就以他们中的优秀者来看，他们的声音清丽而浮夸，他们的节奏紧密而急促，他们的辞章淫靡而哀伤，他们的倾向是松懈而不守规范，他们的文章杂乱没有章法。或者是天因为他们的德行丑陋不眷顾他们呢？为什么不发表他们擅长发表的呢？

唐朝有了天下以后，陈子昂、苏沅明、元结、李白、杜甫、李观，都以他们能够做到的来抒发胸臆。现在还在世的名望在他们之下的，是孟东野，他当初是用诗歌抒发感情，他的作品高于魏、晋，不松散可以达到古诗的水平，其他的已接近汉乐府了。与我交游的人中，李翱、张籍最为优秀。他们三人的作品实在好啊。也不知道是天要使他们的声音和谐而让他们歌颂国家的兴盛呢？还是要使他们身体遭受贫穷和饥饿，思想经历痛苦烦愁，而让他们抒发自己的不幸呢？这三个人的命运，就决定于上天了。得到高的职位何必高兴？处在卑下的地位又何必悲伤？东野将到江南去供职，好像有什么耿耿于怀，所以我说说天命来宽解他。

送董邵南序

【题解】

这是一篇赠别的文章。

董邵南:寿州安丰(今安徽寿县)人,韩愈的朋友。家贫苦读,几次到长安赴试都未考取,只好到河北去寄身藩镇。藩镇罗致人才,势力日渐强大。韩愈不赞成董邵南去投靠藩镇,因此作了这篇序。

文章意在挽留董邵南,但却没有一句直接的劝阻,而是委婉曲折地表现出来。语言极为简练。

【原文】

燕赵古称多感慨悲歌之士[1]。董生举进士,连不得志于有司[2],怀抱利器[3],郁郁适兹土[4]。吾知其必有合[5]也。董生勉乎哉!

夫以子之不遇时[6],苟慕义强[7]仁者,皆爱惜焉,矧燕赵之士出乎其性[8]者哉。然吾尝闻风俗与化移易,吾恶[9]知其今不异于古所云邪?聊以吾子之行卜[10]之也。董生勉乎哉!

吾因之有所感矣。为我吊望诸君之墓[11],而观于其市,复有昔时屠狗者[12]乎?为我谢曰:"明天子在上,可以出而仕矣。"

【注释】

[1]燕、赵:周朝分封的两个诸侯国。燕:本作匽、郾,姬姓。在今河北北部和辽宁西端,建都蓟(今北京城西南隅)。战国时成为七雄之一,燕昭王时,破齐国七十多城,又击退东胡,领土向东北扩展。昭王去世后,为齐打败所得地尽失,公元前222年为秦所灭。

赵:战国七雄之一。建都晋阳(今山西太原市东南),后迁都邯郸(今属河北)。疆域在今山西中部,陕西东北角、河北西南部。公元前222年为秦所灭。文中是指河北一带地方。唐朝自安史之乱后,国势日衰,藩镇割据,不听朝廷调遣,不时有叛乱发生。感慨悲歌之士:战国时燕太子丹曾到秦国去做人质,后来逃回燕国,派荆轲去行刺秦王,临行时高渐离击筑,荆轲和而歌曰:"风萧萧兮易水寒,壮士一去兮不复还。"表现了必死的决心和激昂的情绪。感慨悲歌之士,即指荆轲、燕太子丹这样的豪侠仗义的人。[2]董生:指董邵南。生,古时对读书人的称呼。举:赴试。不得志:没有考取。有司:主管部门,此指主考官。[3]利器:锐利的器具,比喻卓越的才能。[4]郁郁:忧郁貌。适:往。兹土:那个地方,指河北。[5]合:遇合,顺心的际遇。[6]子:你。不遇时:不逢时。[7]苟:如果。强:勉强,勉力而为。[8]矧(shěn):况且。其性:他们的本性,指爱慕、同情人才。[9]恶(wū):哪里。[10]聊:姑且。卜:占卜,指用龟甲或其他东西预测吉凶。此处指检验。[11]望诸君:乐毅,燕国名将,为燕攻下齐七十余城者。燕昭王死后,燕惠王怀疑他,遂逃到赵国,赵王封他为望诸君。他的墓在今河北邯郸市西南。[12]屠狗者:指有才能而隐居不仕的人。荆轲在燕国时就常和卖狗肉的朋友在一起饮酒唱歌。

【译文】

　　河北一带地方古代说是多有豪侠仗义的人。董生赴进士考接连没有被主考录取,胸怀卓越的才能,忧忧不乐地往河北去。我知道你一定会有顺心际遇。董生努力吧!

　　以你的不逢时,如果是仰慕正义力行仁道的人,都会同情,何况燕赵地方的人豪侠仗义这是出于他们的本性哩。然而我曾经听说风俗是随着教化改变的,我怎么知道那里现在的风俗是不是没有不同于古时候说的那样呢?姑且以你的前往来检测一下吧。董生努力吧!

　　我为你前去河北引起了一些感想。请替我凭吊望诸君的坟墓,并且到那里的街的市上看一看,还有从前卖狗肉那样的隐士吗?替我告诉他们:"现在圣明的天子在朝廷上主持政务,可以出来做官了。"

送杨少尹序

【题解】

这是一篇送人辞官返乡的赠序,作于唐穆宗长庆年间(公元821—824年),韩愈任吏部侍郎时。

杨少尹:名巨沅,字景山。唐德宗贞元五年(公元789年)进士。以善于写诗著名,曾有"三刀梦益州,一箭取辽城"名句。河中(今山西永济市)人。任国子监司业,因年老辞官回乡。少尹:官名。唐时诸郡都置司马,唐玄宗开元年间改为少尹,是府州的副职。

序:一种文件,赠序:临别赠言。本文将杨少尹和汉朝的二疏相提并论,赞扬了杨少尹的贤明。

【原文】

昔疏广、受二子[1],以年老,一朝辞位而去。于时公卿设供张[2],祖道[3]都门外,车数百辆,道路观者多叹息泣下,共言其贤。汉史既传其事,而后世工画者又图其迹,至今照人耳目,赫赫若前日事。国子司业杨君巨沅[4],方以能诗训后进,一旦以年满七十,亦白丞相去归其乡。世常说古今人不相及,今杨与二疏,其意岂异也!

予忝在公卿后[5],遇病不能出,不知杨侯去时,城门外送者几人,车几辆,马几匹,道边观者亦有叹息知其为贤与否?而太史氏又能张大其事,为传继二疏踪迹否?不落没否?见今世无工画者,而画与不画,固不论也。然吾闻杨侯之去,丞相有爱而惜之者,白以为其都[6]少尹,不绝其禄,又为歌诗以劝之,京师之长于诗者,亦属[7]而和之。又不知当时二疏之去,有是事否?古今同不同未可知也。

中世士大夫以官[8]为家,罢则无所于归。杨侯始冠[9],举于其乡,歌《鹿鸣》[10]而来也。今之归,指其树曰:"某树吾先人之所种也。某水某丘,吾童子时所钓游也。"乡人莫不加敬,诫子孙以杨侯不去其乡为法[11]。古之所谓乡先生,没而可祭于社[12]者,其在斯[13]人欤?其在斯人欤?

【注释】

[1]疏广:西汉东海兰陵人,字仲翁。汉宣帝时任太子太傅,其兄子疏受同时任太子少傅。在位五年,疏广对受说:"知足不辱,知止不殆,宦成名立,为此不去,惧有后悔。"叔侄俩便称病辞官回乡。后来日与族人故旧宾客娱乐,不为子孙置田产,曾说:"(子孙)贤而多财,则损其志;愚而多财,则益其过。"[2]供张:供具张设,在路上摆设酒宴等作饯行之用。公卿:泛指朝廷高官。二疏辞朝离京时,摆设帷帐置酒筵为他们送行。送行者车达百辆,观者皆叹说:"贤哉二大夫。"[3]祖道:古人于出行前祭祀神称祖道。后称饯行为祖道。[4]国子司业:官名。国子监的副长官。杨巨沅:即杨少尹。[5]忝:谦词。表示辱没他人,自己有愧。当时韩愈任吏部侍郎,位在公卿之后。[6]其都:指杨巨沅的家乡河中府。唐时以河中府为中都。白,有的本子或作"署"或无"白"字。[7]属:连续。[8]官:指任所。[9]冠:戴帽。古代男子二十岁行成人礼,结发戴冠。此指二十岁。[10]《鹿鸣》:《诗经·小雅》的篇名,是宴宾客时所用的乐歌。后人以举人登第后举行的由州县长官宴请考官、学政以及中试诸生的宴会为鹿鸣宴。[11]法:效法,榜样。[12]社:土地之神为社。祭祀土地神之所也称社。这里指乡贤祠之类。古时地方上对有功的本乡士大夫立乡贤祠,春秋致祭。[13]斯:此。

【译文】

从前疏广和疏受两人,因为年纪老了,同时辞官回故乡去。到他们离开那天公卿摆设宴席,为他们在京都城门外饯行,送行的车有百辆,道路两旁观看的人大都感动得叹息哭泣,都称道他们的贤德之处。汉朝史书上记载了他们的事迹,而后代的善于绘画的人又画了他们的故事,直到现在仍照耀着人们的眼睛,响彻人们的耳朵,清楚明白得就像昨天发生的事。国子监司业杨巨沅先生，刚刚以他所擅长的诗歌写作训练后生，一时因为年满七十岁，也告诉丞相要辞去官职回归故乡。世人常说古人和今人不能相比，现在杨巨沅与二疏，他们的意志难道有差异吗？

我惭愧地排列在公卿们的后面，遇到生病，不能去相送，不知道杨君离去的时候，到城门外饯行的有几人，相送的车子有几辆，马有几匹，路两旁观看的人也感叹且知道他是贤人吗？而史官又能宣扬他的事迹，为他作传继承二疏的踪迹吗？不冷落寂寞吗？我看现在没有善于绘画的人，而且画和不画，本来就可以不计较。但是我听说杨侯离去，丞相对他有爱怜和惋惜的意思，告诉吏部任用他当他家乡中都的少尹，不断绝他的俸禄，又写了诗歌劝勉他，京师的善于写诗的人，也一个接一个地写诗与丞相相和。又不知道二疏当年离去时，有这样的事情吗？古人和今人相同还是不同，这不得而知啊。

中世士大夫是以做官的地方作为家，不做官了就没有地方可以回去。杨侯刚满二十岁，就在乡里中举，他是凭着乡贡进士的资格来做官的。现在他辞官回去了，指着那树说："某棵树是我的祖先栽种的，某条江某个山丘，是我少年时钓鱼和游玩的地方。"乡里的人没有不对他表示尊敬的，告诫子孙后代以杨侯不忘记自己的家乡为榜样。古时候的听说乡贤人，死了以后可以建祠享受祭祀的，大概就是他这种人吧？

送石处士序

【题解】

　　这是一篇送人出仕的文章。写于唐宪宗元和五年。石处士名洪,字濬川,洛阳人,曾任黄州录事参军,罢职后闲居洛阳,十年没有再出做官。这次乌重胤任河阳节度使,请他出任河阳军参谋。处士:没有做官或不愿做官的士人。

　　文章通过简明的叙述和生动的对话,赞扬了石处士的品德为人和为道义而慨然出仕,也赞扬了乌大夫礼贤下士,以义取人的行为。文字相当简练。

【原文】

　　河阳军节度御史大夫乌公[1],为节度之三月[2],求士于从事[3]之贤者,有荐石先生者。公曰:"先生何如?"曰:"先生居嵩邙、瀍谷之间[4],冬一裘,夏一葛,食朝夕,饭一盂,蔬一盘。人与之钱,则辞;请与出游,未尝以事免;劝之仕,不应。坐一室,左右图书。与之语道理[5],辨古今事当否,论人高下,事后当成败,若河决下流而东注,若驷马驾轻车就熟路而王良、造父[6]之先后也,若烛照、数计而龟卜也。"大夫曰:"先生有以自老,无求于人,其肯为某来邪?"从事曰:"大夫文武忠孝,求士为国,不私于家。方今寇聚于恒[7],师环其疆,农不耕收,财粟殚亡[8]。吾所处地,归输之途。治法征[9]谋,宜有所出。先生仁且勇,若以义请而彊[10]委重焉,其何说之辞?"于是撰书词,具马币,卜日以受使者,求先生之庐而请焉。

　　先生不告于妻子,不谋[11]于朋友,冠带出见客,拜受书礼于门内。宵则沐浴,戒[12]行李,载书册,问道所由。告行于常所来往,晨则毕至,张[13]上东门外。

酒三行且起,有执爵而言者曰:"大夫真能以义取人,先生真能以道自任、决去就,为先生别。"又酌而祝曰:"凡去就出处何常?惟义之归,遂以为先生寿[14]。"又酌而祝曰:"使大夫恒[15]无变其初,无务富其家而饥其师,无甘受佞人而外敬正士,无昧于谄言,惟先生是听,以能有成功,保天子之宠命。"又祝曰:"使先生无图利于大夫,而私便其身[16]。"先生起拜祝辞,曰:"敢不敬蚤[17]夜以求从祝规!"

于是东都[18]之人士,咸知大夫与先生果能相与[19]以有成也。遂各为歌诗六韵[20],遣愈为之序云。

【注释】

[1]河阳:在今河南孟县西。节度:节度使,官名。唐初,武将行军称总管,本道则称都督。高宗永徽以后,都督带使持节钺者节度使。景云二年,贺拔延嗣为凉州都督,充任河西节度使,自此始有节度使之称。节度使封郡王,掌总军旅,专讲诛杀。一节度使统管一道或数州,军事、民政、用人、理财都可自主,父死子继,称为留后。世称藩镇。御史大夫:官名。掌管监察和执法。乌公:姓乌名重胤。[2]唐宪宗元和五年四月,乌重胤奉诏任河阳军节度使御史大夫。为节度之三月:做节度使到任后的第三个月。即元和五年的六七月间。[3]从事:佐吏。[4]嵩邙(sōng máng):山名。瀍(chán)谷:河名,都在洛阳附近。[5]道理:指学说理论。[6]王良:春秋时晋国善于驾车的人。造父:周时的善于驾马车的人。传说他曾取骏马献给周穆王,王赐他赵城,由此为赵氏。[7]寇聚于恒:唐宪宗元和四年(公元809年)三月,成德军节度使王士贞死,其子王承宗叛乱。恒州(在今河北正定县境),是成德军管辖的地方。[8]殚:尽。亡:无。[9]治:治理。征:征讨。[10]彊:同"强"。[11]谋:商量。[12]戒:准备。[13]张:供张,摆筵席。[14]寿:祝酒。[15]恒:长久、恒心。[16]图:谋取。[17]蚤:同"早"。[18]东都:指洛阳。[19]咸:皆,都。相与:互相亲附、合作。[20]六韵:古诗一般二句一韵,六韵指十二句。

【译文】

河阳军节度使御史大夫乌公,在做节度使的第三个月,向佐吏中的贤明者探求士人，有佐吏推荐石先生。乌公问："先生的为人怎么样？"佐吏回答说："先生住在嵩邙山和瀍谷之间，冬天只有一个皮衣，夏天只有一件麻布衣服，早晚两餐，只有饭一碗，蔬菜一盘。别人给他钱，就拒绝收受，请他一同去游玩，从来没有推辞过；有人劝他出来做官，他不答应。他坐在一间屋子里，左右摆满了书。和他探讨学术理论，分辨古今的事情的对错，谈论某人人品的高下，议论事情以后该当成功还是失败，他说起来就像黄河决堤、河水向东奔流而下，又像四匹马驾着轻车奔驰在熟悉的道路上而王良、造父跟在它的前后，就像烛光照着一般的明白、经过计算一样的准确和占卜一样的有先见之明。"乌大夫说："石先生有心隐居到老，不求于人，他肯为我出山来吗？"佐吏说："大夫文武兼备忠孝两全，寻求士人是为国家，不是为自己私利。现在叛贼聚集在恒州，叛军环列在阳河四周，农田不能耕种没有收成，财物粟米已经用尽吃光。我们所处的地方，是运送物资的交通要道，治理的办法征讨的谋略，应该有人出来辅佐。石先生仁义而且勇敢，如果以义气去请他而加重任在他身上，他有什么话来推辞呢？"于是写了聘请的书信，备办了聘礼，择定吉祥的日子交给使者，去石先生的家请他。

石先生没有告诉妻子，也没有和朋友商量，戴好帽子束上衣带出来接见客人，恭敬地在门内接过了聘书和聘礼。夜晚沐浴了身子，准备好行李，装载上书籍，询问从哪条道路去。他向经常来往的朋友辞行，这些朋友第二天早晨都到齐了，大东门外设宴为他饯行。

饮酒过了三巡将要启程，有人握着酒杯上前说："乌大夫的确能从义气选取人才，石先生的确能够凭着道义来决定应聘或不应聘，请让我与先生告别。"又斟满酒祝愿说："凡是一个人的去就的决定以什么做准则？只有归于义气，就因此为先生祝贺干杯。"又斟满酒祝愿说："但愿乌大夫永远不改变他的初衷，不会为了自己家富裕而使军队挨饿，不会接纳小人而只是表面上尊敬正直的士人，不会被谗言蛊惑，只听先生的话，因而能够获得成功，保全天子的荣宠与任命。"又祝愿说："但愿石先生不会从乌大夫那里谋取利益，从而方便自己的私利。"石先生站起来恭敬地拜谢这些祝愿的话，说："我怎敢不早晚以实际行动来实现这些祝愿和规劝！"

从此，东都的人士，都知道乌大夫与石先生果然能够互相信赖得到成功。于是各人写了诗歌六韵十二句，叫我为他们写了这篇赠序。

送温处士赴河阳军序

【题解】

　　这是一篇送人出仕的赠序。写作于唐宪宗元和五年。

　　温处士名造,字简舆,河内(今河南沁阳)人,从小喜读书,隐居于王屋山,不愿为官,以钓鱼寄情山水为乐事。寿州刺史张建封曾请他为帐下参谋,后来他又归隐于洛阳。这次他由石洪引见,应河阳节度使御史大夫乌重胤之聘请,从洛阳赴河阳军供职,韩愈作此文相赠。

　　文章以伯乐过冀北而马群空的议论发端,赞扬了温造的才干和乌大夫的善于识别和选拔人才。虽然此篇与《送石处士序》都是送人出仕,且石、温都为乌大夫所选拔,但写作方法和角度各有不同。本篇用的是比喻和反衬手法。

【原文】

　　"伯乐一过冀北[1]之野,而马群遂空。"夫冀北马多天下,伯乐虽善知马,安能空其群邪?解之者曰:"吾所谓空,非无马也,无良马也。伯乐知马,遇其良辄取之,群无留良焉。苟[2]无良,虽谓无马,不为虚语矣。"

　　东都[3],固士大夫之冀北也。恃才能深藏而不市[4]者,洛之北崖,曰石生[5];其南崖,曰温生[6]。大夫乌公[7],以铁钺镇河阳之三月[8],以石生为才,以礼为罗[9],罗而致之幕下[10];未数月也,以温生为才,于是以石生为媒,以礼为罗,又罗而致之幕下。东都虽信多才士,朝取一人焉,拔其尤,暮取一人焉,拔其尤,自居守河南尹[11],以及百司之执事,与吾辈二县之大夫[12],政有所不通,事有所可疑,奚所谘[13]而处焉?士大夫之弃位而巷处者,谁与嬉游?小子后生,于何考德而问业焉?缙绅[14]之东西行过是都者,无所礼于其庐。若是而称曰:"大夫乌公一镇河阳,而东都处士之庐无人焉!"岂不可也?

夫南面而听[15]天下,其所托重而恃[16]力者,惟将与相耳。相为天子得人于朝廷,将为天子得文武士于幕下,求内外无治,不可得也。愈縻于兹[17],不能自引去,资[18]二生以待老。今皆为有力者夺之,其何能无介然[19]于怀邪?生既至,拜公于军门,其为吾以前所称,为天下贺;以后所称,为吾致私怨于尽取也。

留守相公首为四韵诗[20]歌其事,愈因推其意而序之。

【注释】

[1]伯乐:姓孙名阳,秦穆公时善于相马的人。冀北:冀州的北边。指今河北、山西地区。[2]苟:连词,假若、如果。[3]东都:隋唐建都长安,以洛阳为东都。[4]市:买卖交易。不市,意即不为朝廷当差做官。[5]石生:即《送石处士序》中的石处士,名洪,字濬川,隐居十年不仕。生,是指读书人。[6]温生:即温造。[7]乌公:即河阳军节度使御史大夫乌重胤。[8]铁钺(fū yuè):铁和钺二者都是古兵器,状如大斧,用于砍杀。诸侯非皇帝赐予不能使用。乌公于元和五年四月奉诏任河阳军节度使、御史大夫,治所在孟州。之三月:到达后的第三个月,当是指六七月间。[9]罗:捕鸟的网。此处指聘请。[10]幕:帐幕。军旅无固定住所,以帐幕为将帅之府署,称作幕府。[11]尤:优异,杰出。居守:指东都留守郑馀。尹:官,古代多称官为尹。[12]二县:指东都治下的洛阳、河南二县。大夫:指县令。当时韩愈任河南县令。[13]谘:商量,征询。[14]缙绅:同"搢捂"。缙:红色,绅:带子。缙绅,穿红色衣服系大带子,指官员服饰。搢:插。搢绅:插笏于带间。两种说法都是指士大夫。[15]南面:指君主。古代帝王的座位向南。听:治理。[16]托重:托付重任。恃:依赖,凭借。[17]縻(mí):束缚。兹:这里,这个。[18]引:引退。资:凭借,依托。[19]介然:耿耿。[20]留守相公:指东都留守徐馀庆。四韵诗:八句诗,古诗以二句为一韵。

【译文】

有人说:"伯乐一经过冀北的郊野,马群就空了。"冀北是天下产马最多的地方,伯乐虽善于相马,哪里能够空了那里的马群呢?解释的人说:"我所说的空,并不是指没有马了,而是指没有好马了。伯乐善于相马,遇到马群中的好马就取去了,马群中没有留下好马了。如果没有好马,即使说成没有马,不算是伪话了。"

东都洛阳,原本是士大夫的冀北。怀着才能深藏不露不出来做官的,洛水的北岸有石生;洛水的南岸有温生。御史大夫乌公,凭借君主所赐的铁钺镇守河阳的第三个月,认为石生是个人才,带着礼品恭敬地去聘请他,罗致到军帐之下;没有过几个月,又认为温生是个人才,于是由石生作引见,带着离谱恭敬地去聘请他,又罗致到他的军帐之下。东都即使确实有很多有才能的人,早上取走一人,选拔当中杰出的;晚上取走一人,选拔当中杰出的,从东都留守河南尹,到各部门的主管官员,和我们二县的县令,政务如果有什么不通晓,处事有什么疑难处,到何处去征询意见后作出处理呢?士大夫中辞去官职而平居在小巷中的人,谁和他一同游玩?年轻后生,到何处去研究道德和请教学业呢?做官的东来西往经过这个东都的人,也不能去拜访他们隐居的茅庐了。因为这样就说:"大夫乌公一镇河阳,东都处士的茅庐中就没有人了!"难道不可以吗?

君主治理天下,他所托重和依靠的,只是将帅和宰相罢了。宰相为天子求得贤人在朝廷之内,将帅天子求得文官武将在军帐之中,这样即便想使朝廷内外没有治理,也不可能了。我被束缚在这里,不能够自己引退离去,依托着石、温二位以到老。现在都被有力的人夺去了,我能不耿耿于怀吗?温生到了阳河军,拜见乌公于军帐的时候,请把我以前所说的话转告乌公,为天下人道贺;请把我以后的话转告乌公,说我对他选尽了东都的人才而感到心中不满。

留守相公第一个作了一首八句四韵的诗来歌颂这件事,我因而推测他的意思作了这篇序。

应科目时与人书

【题解】

　　本文作于唐德宗贞元九年(公元793年)。韩愈于上年考取进士,但须经吏部博学宏词科考试过关才能得官。这篇文章就是他在应试前给一位朝中大官写的信,目的是希望得到大官的帮助。

　　作者采用了寓言手法,将自己比作困在涸水中的怪物,将大官比作有力者,怪物的生死,操在有力者手中,就看他肯不肯尽点微劳。文中刻画怪物的古怪精灵相当形象、生动,在描绘"怪物"的情态、性格和心理活动后,以寥寥数语点明题旨,画龙点睛。

【原文】

　　月日[1],愈再拜[2]。

　　天池之滨[3],大江之濆[4],曰有怪物焉,盖非常鳞凡介之品汇匹俦[5]也。其得水,变化风雨,上下于天不难也;其不及水,盖寻常[6]尺寸之间耳;无高山、大陵、旷途、绝险为之关隔也。然其穷涸,不能自致乎水,为猵獭[7]之笑者盖十八九矣。

　　如有力者,哀其穷而运转之,盖一举手一投足之劳也。然是物也,负其异于众也,且曰:"烂死于泥沙,吾宁乐之。若俛[8]首帖耳、摇尾而乞怜者,非我之志也。"是以有力者遇之,熟视之若无睹也。其死其生,固不可知也。

　　今又有有力者当其前矣,聊试仰首一鸣号焉,庸讵[9]知有力者不哀其穷而忘一举手一投足之劳而转之清波乎?其哀之,命也;其不哀之,命也;知其在命而且鸣号之者,亦命也。

愈今者，实有类于是。是以忘其疏愚之罪，而有是说焉。阁下[10]其亦怜察之。

【注释】

[1]本文作于唐德宗贞元九年(公元793年)。[2]再拜：再次敬礼，作揖。[3]天池：南海。滨：水边。[4]濆(fén)：水边。[5]介：甲。品汇：品类。匹俦(chóu)：相比，匹敌。[6]寻常：古代长度单位，一寻为八尺，二寻为一常。这里指很近的距离。[7]獱獭(bīn tǎ)：獱，小水獭。獭，通常指水獭，为水中动物，形状像狗，食鱼。[8]俛：同"俯"。[9]庸：副词，岂：难道。讵(jù)：副词，岂，何。[10]阁下：同"阁下"。写信时对收信人的尊称。

【译文】

某月某日，我向您再拜。

南海的水边，大江的岸边，听说有一种怪物，不是普通的鳞甲动物之类可以比拟的。它得了水，就可以变化风雨，上天下地都不难；他没有得到水，就只能在几尺或一丈多点的小范围内活动；没有什么高的山、大的丘陵、旷远的道路、险峻的关隘能够阻隔它。然而当它面临水尽干涸的时候，不能够自己到达有水的地方去，被水獭嘲笑的可能大约有十分之八九。

如果有一个有力的人，哀怜他的困境而将它运送到水里去，只需要花费一举手一抬足那样轻微的劳动。但是这种怪物，以它的超群出众而自负，说："即便烂死在泥沙之中，我也乐意。像那种俯首帖耳、摇尾乞怜之辈，不是我的志愿。"因此有力量的人遇到它，就熟视无睹了。它的生死，实在不可预知呢。

现在又有一个有力量的人正在它的面前了，姑且试着抬起头一声号叫，哪知有力量的人会不会哀怜他的困境而花费一举手一抬足这样的轻微劳动将它运送到清水中去呢？他哀怜它，是命运注定的；他不哀怜它，也是命里注定的；知道一切都是命运注定还要鸣叫，也是命运注定的。

我现在的处境，实在和它很相似。因此忘记了自己的粗疏和愚笨的罪过，而说了这些话。希望阁下哀怜、体察。

上宰相书

【题解】

　　这是一封写给宰相的求职信。

　　韩愈于唐德宗贞元八年(公元792年)考取进士,但进士考中后还需经吏部博学宏辞科考试过关后才能入仕。当时考卷不糊名,所以能否考取并不完全决定于自身的学和文章、人事背景十分重要,所以韩愈"三选于吏部而未得"。他不得不走另一条入仕的道路:呈上著述请吏部或中书省显要官员考核推荐。于是,在贞元十一年(公元795年)正月二十七日给当时的三个宰相赵憬、贾耽、卢迈写了这封信,并将自己所作文章抄了若干篇呈请他们审阅,希望得到他们的赏识、推荐。文中引经据典,说明据上位者培育人才、举贤能的重要性。从中反映了作者求仕心切。

【原文】

　　正月二十七日,前乡贡进士[1]韩愈,谨伏光范[2]门下,再拜献书相公阁下[3]:

　　《诗》之《序》[4]曰:"菁菁者莪,乐育材也。君子能长育人材,则天下喜乐之矣。"其《诗》曰:"菁菁者莪,在彼中阿。既见君子,乐且有仪[5]。"说者[6]曰:"菁菁者,盛也。莪,微草也。阿,大陵也。言君子之长育人材,若大陵之长育微草,能使之菁菁然盛也。'既见君子,乐且有仪'云者,天下美之之辞也。"其三章曰:"既见君子,锡我百朋。"说者曰:"百朋,多之之辞也。言君子既长育人材,又当爵命之,赐之厚禄,以宠贵之云尔。"其卒章[7]曰:"泛泛杨舟,载沈载浮。即见君子,我心则休。"说者曰:"载,载也。沈浮者,物也。言君子之于人才,无所不取。若舟之于物浮沈,皆载之云尔。'既见君子,我心则休'云者,言若此,则天下之心美之也。"君子之于人也,既长育[8]之,又当爵命宠贵之,而于其才无所遗焉。《孟子》曰:"君子有三乐,而王天下不与存焉[9]。"其一曰:"乐得天下英才而教育之。"此皆圣人贤士之所极言至论,古今之所宜法者也,然则孰能长育天下之人材?将非吾君与吾相乎?幸今天下无事,小大之官,各守其职;钱谷甲兵之问,不至于庙堂[10]。论道经邦之暇,拾此宜无大者焉!

今有人生二十八年矣[11],名不著于农、工、商贾、之版[12],其业则读书著文,歌颂尧舜之道,鸡鸣而起,孜孜[13]焉亦不为利。其所读皆圣人之书,杨墨释老之学,无所入于其心,其所著皆约六经之旨而成文,抑邪与[14]正,辨时俗之所惑[15]。亦时有感激怨怼奇怪之辞,以求知于天下,亦不悖于教化[16]。妖淫谀佞,诪张之说[17],无所出于其中。四举于礼部乃一得[18],三选于吏部卒无成[19];九品之位其可望,一亩之宫其可怀。遑遑[20]乎四海无所归,恤恤[21]乎饥不得食,寒不得衣,滨[22]于死而益固。得其所者争笑之,忽将弃其旧而新是图,求老农老圃而为师悼[23]本志之变化,中夜涕泗交颐[24]。虽不足当诗人、孟子[25]之谓,抑长育之使成材,其亦可矣。教育之使成才,其亦可矣。抑又闻古之君子相其君也,一夫不获其所,若己推而内之沟中;今有人生七年,而学圣人之道,以修其身,积二十年,不得已一朝而毁之,是亦不获其所矣。伏念今有仁人在上位[26],若不往告之而遂行,是果于自弃,而不以古之君子之道待[27]吾相也。其可乎?宁往告焉,若不得志,则命也,其亦行矣。

《洪范》曰:"凡厥庶民,有猷有为有守,汝则念之,不协于极,不罹于咎,则受之,而康而色,曰:'予攸好德,汝则锡之福[28]。'"是皆与善之辞也。抑又闻古之人有自进者,而君子不逆[29]之矣,曰:"予攸好德,汝则锡之福之谓也。"抑又闻上之设官制禄,必求其人而授之者,非苟慕其才而富贵其身也,盖将用其能理[30]不能,用其明理不明者耳。下之修己立诚[31],必求其位而居之者,非苟没于利而荣于名也,盖将推己之所余,以济其不足者耳。然则上之于求人,下之于求位,交相求而一其致焉耳。苟以是而为心,则上之道,不必难其下;下之道,不必难其上。可举而举[32]焉,不必让其自举也;可进而进[33]焉,不必廉[34]于自进也。抑又闻上之化下,得其道,则劝赏不必偏[35]加乎天下,而天下从焉,因人之所欲为而遂[36]推之之谓也。今天下不由吏部而仕进者,几希[37]矣。主上感伤山林之士有逸遗[38]者,屡诏内外之臣,旁求于四海[39],而其至者盖阙[40]焉。岂其无人乎哉?亦见国家不以非常之道礼之,而不来耳。彼人处隐就闲者,亦人耳。其耳目鼻口之所欲,其心之所乐,其体之所安,岂有异于人乎哉?今所以恶[41]衣食、穷[42]体肤、麋鹿之与处、猿狖之与居,固自以其身不能与时从顺俯仰[43],故甘心自绝而不悔焉。而方闻国家之仕进者,必举于州县,然后升于礼部、吏部,试之以绣绘雕琢之文,考之以声势[44]之逆顺、章句[45]之短长。中其程式者,然后得从下士之列,虽有化俗之方,安边之画,不繇[46]是而稍进,万不有一得焉。彼惟恐入山之不深,入林之不密,其影音昧昧[47],惟恐闻于人也。

今若闻有以书进宰相而求仕者,而宰相不辱焉,而荐之天下,而爵命之,而布其书于四方。枯槁沈溺魁闳宽通[48]之士,必且洋洋[49]焉动其心,峨峨焉缨[50]其冠,于于[51]焉而来矣。此所谓劝赏不必偏加乎天下,而天下人焉者也,因人之所欲为而遂推之之谓者也。伏惟览《诗》《书》《孟子》之所指,念育才锡福之所以,考古之君子相其君之道,而忘自进自举之罪。思设官制禄之故,以诱致山林逸遗之士,庶天下之行道者,知所归焉。小子不敢自幸,其尝所著文,辄[52]采其可者若干首,录在异卷,冀辱赐观焉。

干黩[53]尊严,伏地待罪,愈再拜。

【注释】

[1]乡贡:唐代取士的一种办法。由学馆考试推选的为"生徒",由州、县推选的为"乡贡",由天子自诏的为"制举"。前进士:已考中进士尚未得官的称为前进士。[2]光范:美好的仪容。对宰相的敬词。[3]再拜:再次拜上,表示恭敬的一种礼节。相公:宰相。阁下:即阁下,对人的尊称。[4]《诗》:指《诗经》。《序》:指《诗序》,在《诗经》的各篇之前,解释此诗主题者为小序。在《诗经》首篇《关雎》的小序之后,概论全书的为大序。《诗序》作者说法不一,或认为大序为子夏作,小序为毛公作。此处指《小序》。[5]"菁菁者莪"四句:出自《诗经·小雅》,共四首,每首四句。此为第一首。[6]说者:指解释、注疏的人。[7]卒章:最后一首。[8]育:培养,教育。[9]此句出自《孟子·尽心上第二十》:"君子有三乐,而王天下不与存焉。父母俱存,兄弟无故,一乐也;仰不愧于天,俯不作于人,二乐也;得天下英才而教育之,三乐也。君子有三乐,而王天下不与存焉。"[10]庙堂:指朝廷。[11]有人:指作者自己。韩愈于唐代宗大历三年(公元768年)生,到贞元十一年(公元795年)已二十八岁。[12]版:指名册或户籍。[13]孜孜:勤勉不怠惰。[14]抑:遏止。与:跟从。[15]辨:辨别。惑:迷惑。[16]悖:违背。教化:指先王之教。[17]妖淫:怪诞轻浮。谀佞:奸巧谄谀。诪张:虚狂放肆。说:言论。[18]四举于礼部乃一得:韩愈于唐德宗贞元三年、五年、七年、八年四次参加礼部主持的进士考试,第四次才考中,故曰四举乃一得。[19]三选于吏部卒无成:韩愈于德宗贞元九年、十年、十一年三次参加吏部铨选官员的博学宏辞科考试都未过关。[20]遑遑:惊恐不安貌。[21]恤恤:忧愁貌。[22]滨:临,近。[23]悼:伤感。[24]涕泗:眼泪和鼻涕。颐:下颌。[25]诗人:指《诗经》的作者。孟子即孟轲。[26]仁人:行仁义的人。在上位:指当宰相。[27]待:看待。[28]《洪范》:《尚书》篇名。相传为商朝末年箕子所著。这句话是对君主的告诫之词。攸好德:五福中的一种。[29]不逆:不拒。[30]理:治理。[31]诚:真诚。[32]举:推荐。[33]进:提拔,任用。[34]廉:不苟取,可引申为廉耻,以自进为耻。[35]偏:同"遍",遍及。[36]遂:顺。[37]希:罕见,少。[38]逸:超绝,突出。遗:遗漏。[39]旁求:遍求,广求。[40]厥:短,少。[41]恶:憎恨。[42]穷:困苦。[43]顺俯仰:追随着周旋、应付。[44]声势:声威和气势。[45]章句:分析古书的章节句读。[46]繇:通"由",从、自。[47]昧昧:昏暗貌,模糊不清的样子。[48]枯槁:贫困。沈溺:指陷于困厄痛苦中。魁闳:高大伟岸。宽通:宽厚通达。[49]洋洋:得意喜乐貌。[50]缨:结冠的带子。[51]于于:悠然自得的样子。[52]

辄:特意,专门。[53]黩:玷污。

【译文】

正月二十七日,前乡贡进士韩愈,恭恭敬敬地跪伏在您的门下,再次拜叩,呈献书信给阁下:

《诗经》的《序》中说:"《菁菁者莪》这首诗,是乐于培育人才。处在上位的人能够经常培养人才,就天下都高兴快乐了。"这首诗说:"菁菁者莪,在彼中阿,既见君子,乐且有仪。"解释的人说:"菁菁,即茂盛。莪,是一种小草。阿,指大丘陵。是比喻在上位的人善于培养人才,就如同大丘陵善于生长小苹,能使它长得茂盛。'既见君子,乐且有仪'这句诗,是天下赞美他的话。"诗的第三首说:"既见君子,锡我百朋。"解释的人说:"百朋,多给予他的意思。是说居上位的人既善于培养人才,又任用他,赐给他丰厚的俸禄,尊崇和重视他的意思罢了。"诗的最末一章说:"泛泛杨舟,载沉载浮。既见君子,我心则休。"解释的人说:"载,载也。沈浮指的是物。是说居上位的人对于人才,没有哪一种是不用的。就像船装载东西一样,尽都装载的意思。'既见君子,我心则休'的意思,是说如果这样做,就天下人都在心里赞美了。"处在上位的人对于一般士人,既要善于培养,又应当任用、爱护和重视他们,就使他们的才干没有遗漏了。《孟子》说:"居上位的人有三件快乐的事,而用仁德治天下的人不包括在内。"三乐中的一乐是:"乐得天下的优秀人才而给以教化培育。"这都是圣人贤士说出的最正确透彻的话,古代和现代都应该效法的。然而,谁能够善于培养天下的人才呢?不是我们的君主和我们的宰相吗?谁能教化培育天下的英才,不是我们的君主和我们的宰相吗?很庆幸现在天下太平无事,小的大的官员,各个认真履行职责;钱粮户税武器军备等事,不必提到朝廷上来决定。议论经邦治国之道以外,除去培养人才这件事再没有大的了!

现在有个人已经二十八岁了。他的名字不在农、工、商贾的名册里边,他从事的是读书著文,歌颂尧皇、舜帝的仁政,鸡叫就起床,勤勤恳恳并不是为了功利。他所读的都是圣人的著作,杨子墨翟佛家老子的学说,没有接受到思想里去;他所写的文章都是根据《六经》的要旨写成的,遏止邪说跟从正论,来辨明当前流俗的迷惑。也偶尔有一些感慨激愤怨怼奇突的文辞,目的是希望天下人知道,也没有和教化相违背。怪诞轻浮、奸巧谄谀的文章,没出现在我写的那些文章里。四次参加礼部主持的进士考试才得中,三次参加吏部的博学宏词考试终没有成功;九品的位置可望而不可即,一亩宽的房屋可想而难得到。惊恐啊天下之大却无所归依,忧愁啊饥饿时没有吃的,寒冷时没有穿的,临近死亡了志向还很执着。得到职位的人争相嘲笑他,忽然想到放弃旧业另作新的打算,请求种庄稼或种果蔬的老人当老师,伤感原来志向的变化,深夜里眼泪鼻涕在下颌交流。我虽然配不上称《诗经》《孟子》上所说的人才,然而善于培养使成为有用的人,也是可以的!教化培育使成人才,也是可以的。我又听说古时候的人辅佐君主,有一个人得不到恰当的位置,就如同自己被推倒在水沟里面;现在有个人从七岁开始,学习古圣先贤的学说,用来修养自己的品德,积累了二十年,不得已一旦要毁掉它,也就是没有得到他应该得到的位置哩。心里想到现在有行仁义的人在当宰相,如果不去禀告他就离去,是真的自暴自弃,不以古时候的君子的行为来对待我们的宰相了。可以这样做吗?宁可前往禀告啊,如果不能实现志向,就是命运注定的了,就应该离开了。

《尚书·洪范》说:"凡是百姓,有计谋有作为,你就记下他的功劳。即使他不能与中正的标准相合,不趋近罪过,就接受他,和颜悦色地赞美他,说:'我遵守美德,你就赐给福吧。'"都是与人为善的话。又听说古时候的人有自荐的,而君子不拒绝他,说:"这就是'我遵守美德,你就赐给福吧。'所说听了。"又听说朝廷之所以设置官职俸禄,必然要寻求人才而授给他,并不是为了仰慕他的才华因而使他富贵,而是由于要用他的才能去治理没有才能的人,用他的通达事理去治理不明白事理的人。地位卑下的人修养品德树立诚信,必然要寻求一个职务而处的原因,并不是沉浸在利益名声之中,而是为了用自己多余的才能,来接济那些才能不足的人。所以居上位的人寻求人才,居下位的人寻求职位,互相有所追求但目的是相同的。如果存着这样的思想,上面的举措,不必埋怨士林无人才,下面不必埋怨上面不识人。可以推荐的尽都得到推荐,不必让他自荐了;可以提拔任用的,不必以自荐为羞耻。我又听说居上位的人教化民众,能得先王之道,那么规劝奖励不必遍及全天下,而全天下的人都会跟从,因为这是天下人所想要做的他顺着去推动教化罢了。现在天下不从吏部铨选而做官的,太少了。君主感怀于山林里的隐居者中有遗漏了的杰出人才,屡次指示朝里朝外的臣子,遍求于四海之内,然而出来人极少哩。难道没有人才吗?那是因为看到朝廷不用特殊的礼遇对待他们,所以不出山。那些隐居赋闲的人,也是人。他的耳朵、鼻子、嘴巴的欲望,他的精神的追求,他的身体的安适,难道有别于一般人吗?现在他之所以憎恨好衣好食、困苦他的身体、和麋鹿相处、和猿猴共居,是因为他不能做到合时宜、追随附和,因此甘愿自动脱离、断绝来往隐居起来而不后悔。而正好听说国家的做官的人,必须经过州县的推选,然后上升到礼部、吏部,考试他的文章的修饰和文采,考试他分析国家声成气势的顺应和逆阻、分析古书的章节和句读。符合他们的程式的,可以随从在士的行列,虽然有教化风俗的策略,有安定边防的计划,也不由此而稍稍提拔,一万个之中也没有一个得到。他唯恐隐居处山不够深,林不够密,他的踪影模模糊糊,唯恐被人家知道。

现在好像听说有用书信呈送给宰相寻求官职的人,宰相没有埋没他,把他推荐给朝廷,给他职位,把他的著作传扬到四方去。陷于困厄痛苦中的伟岸宽厚通达的士人,必定会欢欢喜喜为之心动,匆匆忙忙地整冠系缨,悠然自得地出山来了。这就是所说的劝诫,奖励不必遍及全天下,而天下人都顺从他。因为这是天下人所想要做的,他顺着去推动教化罢了。内心里想着看到的《诗经》《书经》《孟子》上面的话,思考培育人才赐福的原因,思考古时候的君子辅佐君主的道理,而忘记自己自我推荐的罪过。想着国家设置官位制订俸禄的原因,在于引来山林隐居的杰出人才,普天下行仁义之道的人,知道他的归依了。我不敢逃避,曾经有所著作,特意选取其中的若干篇,抄录在另外一卷上,希望您能勉强看一看。

玷污了您的尊严,我跪在地上等待被治罪,韩愈再拜。

后廿九日复上宰相书

【题解】

韩愈给宰相的第二封信上送后,仍未得到反响,于是他于三月十六日又写了第三封信给宰相,这时与写第二封信间隔了二十九天,因此题目为《后廿九日复上宰相书》。

在这封信中,作者极力赞颂周公的为政和重视人才,求贤若渴的精神,用来和当时的宰相一一对比,一系列的质问,表现了他对大权在握、尸位素餐者的抨击,同时也反映出他急于求仕的心情。

这封信与上两封信大不相同,语气强烈,直言不讳,既有自身屡次碰壁的愤懑,也体现了作者倔强不屈的品性和气概。

【原文】

三月十六日,前乡贡进士韩愈,谨再拜言相公阁下[1]:

愈闻周公之为辅相[2],其急于见贤也,方一食,三吐其哺[3];方一沐,三握其发[4]。当是时,天下之贤才,皆已举用,奸邪谗佞欺负之徒,皆已除去,四海皆已无虞[5];九夷八蛮之在荒服之外者,皆已宾贡[6];天灾时变,昆虫草木之妖,皆已销息;天下之所谓礼乐、刑政、教化之具,皆已修理[7];风俗皆已敦厚;动植之物,风雨霜露之所沾被者,皆已得宜;休征嘉瑞麟凤龟龙[8]之属,皆已备至。而周公以圣人之才,凭叔父之亲,其所辅理承化之功,又尽章章[9]如是。其所求进见之士,岂复有贤于周公者哉?不惟不贤于周公而已,岂复有贤于时百执事者哉?岂复有所计议,能补于周公之化者哉?然而周公求之如此其急,惟恐耳目有所不闻见,思虑有所未及,以负成王托周公之意,不得于天下之心。如周公之心,设使其时辅理承化之功未尽章章如是,而非圣人之才,而无叔父之亲,则将不暇食与沐矣,岂特吐哺、握发为勤而止哉!维其如是,故于今颂成王之德,而称周公之功不衰。

今阁下为辅相亦近[10]耳。天下之贤才岂尽举用?奸邪谗佞欺负之徒岂尽除去?四海岂尽无虞?九夷八蛮之在荒服之外者,岂尽宾贡?天灾时变,昆虫草木之妖,岂尽销息?天下之所谓礼、乐、刑、教化之具,岂尽修理?风俗岂尽敦厚?动植之物风雨霜露之所沾被者,岂尽得宜?休征嘉瑞麟、凤、龟、龙之属,岂尽备至?其所求进见之士,虽不足以希望成德,至比于百执事,岂尽出其下哉?其所称说[11],岂尽无所补哉?今虽不能如周公吐哺、握发,亦宜引而进之,察其所以而去就之,不宜默默而已也。

愈之待命,四十余日矣。书再上而志不得通,足三及门而阍人[12]辞焉。惟其昏愚,不知逃遁,故复有周公之说焉。阁下其亦察之。

古之士,三月不仕则相吊,故出疆必载质[13]。然所以重于自进者,以其于周不可,则去之[14]鲁;于鲁不可,则去之齐;于齐不可,则去之宋,之郑,之秦,之楚也。今天下一君,四海一国[15],舍乎此则夷狄[16]矣,去父母之邦矣。故士之行道者,不得于朝,则山林而已矣。山林者,士之所独善自养,而不忧天下者之所能安也。如有忧天下之心,则不能矣。故愈每自进而不知愧焉,书亟[17]上,足数及[18]门,而不知止焉。宁独如此而已,惴惴[19]焉惟不得出大贤之门下是惧,亦惟少垂察焉。

渎冒威尊,惶恐无已。愈再拜。

【注释】

[1]韩愈于贞元十一年正月二十七日上书宰相,未得回音,二月十六日第二次上书,仍无反响,又于三月十六日第三次上书。[2]周公:姓姬名旦,周文王的儿子,武王的弟

弟,成王的叔父。武王死后摄政,辅佐成王。周朝的礼乐制度都是由他主持制订的,后人将他称为圣人。[3]三吐其哺:哺,正在咀嚼的食物。《韩诗外传》记周公说:"吾文王之子,武王之弟、成王之叔也,又相天下,吾于天下亦不轻矣。然吾一沐三握发,一饭三吐哺,犹恐失天下之士。"三吐其哺意即正在吃饭时,多次将他正在咀嚼着的饭食吐出来去接见进见他的人。[4]三握其发:正在洗澡时,多次握着他的头发出来接见进见他的人。[5]无虞:没有忧虑,太平无事。虞:忧虑。[6]九夷:泛指东方的少数民族。八蛮:泛指南方的少数民族。荒服:古时五服之一。古代王畿之外围,五百里为一区划,按距离的远近分为五等地带,叫五服,其名称为侯服、甸服、绥服、要服、荒服。荒服距京畿最远。荒服之外者:指汉族统治的中国以外的少数民族地区。宾贡:同宾服。指归顺,入贡朝见天子。[7]修理:整治,可引申为建立。[8]休征:好的征兆。嘉瑞:祥瑞。麟、凤、龟、龙:四种都被古人视为吉祥物,它们出现就是国家太平强盛的好兆头。[9]承化:奉行教化。章章:昭著。[10]近:近似。[11]其所称说:他们所陈述的意见建议。[12]阍(hūn)人:看门的人。[13]疆:疆界。质:同"贽",初次见面时所献的礼物。[14]去:离开。之:到。[15]四海一国:指中国一统。[16]舍:同"捨",舍弃。夷狄,指汉族以外的少数民族。[17]亟(jí):急。[18]数:多次。及:到达。[19]惴(zhuì)惴:恐惧貌。

【译文】

三月十六日,前乡贡进士韩愈,恭敬地再次上书相公阁下:

我听说周公做宰相,他急着出来接见贤人,正在吃一餐饭,三次吐出正咀嚼的食物;正在洗澡,三次握着未洗好的头发。那个时候,天下的贤才,都已经举荐任用,奸邪谗佞欺诈的人都已除掉,天下已太平无事,中国之外的各少数民族,都已向周天子纳贡称臣;天时的变化灾害,昆虫草木的妖邪,都已消失,天下的礼乐,刑政和教化制度都已建立,社会风气已经敦厚朴实;动物植物受风雨霜露所滋润的,都已各得其宜;麟、凤、龟、龙之类象征祥瑞的吉祥物都一齐出来了。周公以他圣人的才华,凭着他是皇叔的亲密关系,他的辅佐治理和奉行教化的功劳,又尽都是这样显著。那些有求于他的进见的士人,难道有比周公贤明的吗?不仅不会有贤于周公的,难道还有贤于当时的各种管事的官吏吗?难道还有什么计策建议,能够辅助周公的教化吗?然而周公求仕这样的急切,唯恐耳朵眼睛有听不到和看不到的地方,思考问题有没有没想到的地方,这就辜负了成王托付周公的心意,不能得到天下人的心。像周公这样的思想,假使他当时辅佐处理朝政教化民众的功劳不都是这样显著，而且也不具圣人的才能，也没有当叔父的亲情，那就会没有时间吃饭和洗澡了，岂止是吐哺、握发就算勤劳而止足呢！因为他这样，所以至今还歌颂成王的德行，而且称颂周公的功绩没有衰竭。

现在阁下处宰相地位与周公很相似啊。天下的贤能的人难道都推选任用了吗？奸邪谗佞欺诈的人难道都完全除去了吗？四海之内难道都太平无事了吗？处在五服之外的各少数民族，难道都全部向朝廷纳贡称臣了吗？天时变化的灾害，昆虫草木的妖孽，难道都已消失了吗？天下的礼、乐、刑、政和教化制度，难道全都已经建立了吗？社会风气难道都已敦厚朴实了吗？动物植物受风雨霜露所滋润的，难道都已经各得其宜了？麟、凤、龟、龙这些象征祥瑞的吉祥物，难道全都已出来了吗？那些请求进见的士人，虽然不能够指望达到很高的德行，至于和您下面的百官相比，难道都在他们之下吗？他们所陈述的意见建议，难道对政务尽都没有一点裨益吗？现在您虽然不能像周公那样吐哺握发，也应该引进他们，考察他们的学实才干而决定不用还是用，不应该沉默不作声罢了。

我等待回音四十多天了。再次给您写信而我的心意不能与您沟通，我的脚三次到了您的家门前而被守门人拦住了。只因为我昏昧愚笨，不知道逃隐，所以又写了言及周公的这番话。望阁下您也审查一下。

古时候的士人，三个月没有做官就互相慰问，所以离开疆土必定要携带初次见面的礼物。但他们之所以不轻易自己去求官，是因为他在周王室得不到任用，就可以离开到鲁国去；在鲁国得不到任用，就可以离开到齐国去；在齐国得不到任用，就可以离开到宋国、到郑国、到秦国、到楚国去。现在天下只有一个君主，四海之内只有一个国家，舍弃这里就只有夷狄的国家了，就要离开父母之邦了。所以践行先王之道的士人，不能在朝做官，就只有隐居到山林里去了。山林里，是士人中独善其身自己供养自己，而不忧心天下的人能够安居的地方。如果具有忧心天下大事思想的人，就不能在山林安居了。所以我多次自荐而不知道羞愧，书信急迫地呈上，脚步数次到您的门前，而不知道终止。岂止如此而已，还忧心忡忡唯恐不能出于您这位大贤人的门下，只望您稍稍留心关注。

亵渎冒犯了您的威严，心里惶恐不已。韩愈再拜。

与于襄阳书

【题解】

这是一封给于頔的求荐信。于頔(dí):字允元,河南人,唐德宗贞元十四年九月以工部尚书为山南东道节度使。襄阳,在今湖北襄阳,系山南东道治所,故称于頔为于襄阳。韩愈贞元十八年春始为国子四门博士,贞元十九年被贬黜,所以此信当作于贞元十八年之后。作者写这封信,意在请求于頔推荐。在信中,作者论说了有声望、地位高的前辈应该扶掖有才能的后辈的道理,希望得到于頔的赏识与推荐。但他所说的道理都是从个人的显姓扬名出发的,于頔的政声并不好,韩愈对他也不乏溢美之词。

【原文】

七月三日,将仕郎[1]、守国子四门博士韩愈[2],谨奉书尚书阁下[3]:

士之能享大名、显当世者,莫不有先达之士、负天下之望者,为之前焉;士之能垂休光[4]、照后世者,亦莫不有后进之士、负天下之望者,为之后焉。莫为之前,虽美而不彰[5];莫为之后,虽盛而不传[6]。是二人者,未始不相须[7]也,然而千百载乃一相遇[8]焉。岂上之人无可援,下之人无可推欤?何其相须之殷而相遇之疏也?其故,在下之人负其能不肯谄[9]其上,上之人负其位不肯顾[10]其下。故高材多戚戚[11]之穷,盛位无赫赫[12]之光。是二人者之所为皆过也。未尝干[13]之,不可谓上无其人;未尝求[14]之,不可谓下无其人。愈之诵此言久矣,未尝敢以闻于人。

侧闻阁下抱不世之才[15],特立而独行,道方而事实[16],卷舒[17]

不随呼时,文武唯其所用。岂愈所谓其人哉?抑[18]未闻后进之士,有遇知于左右,获礼[19]于门下者。岂求之而未得邪?将志存乎立功,而事专乎报主,虽遇其人,未暇礼邪?何其宜闻而久不闻也?愈虽不材,其自处不敢后于恒人[20]。阁下将求之而未得欤?古人有言:"请自隗始[21]。"愈今者惟朝夕刍米、仆赁之资是急[22],不过费阁下一朝之享而足也。如曰:"吾志存乎立功,而事专乎报主,虽遇其人,未暇礼焉。"则非愈之所敢知也。世之龊龊者,既不足以语之;磊落奇伟之人,又不能听焉;则信乎命之穷也。

谨献旧所为文一十八首,如赐览观,亦足知其志之所存。愈恐惧再拜。

【注释】

[1]将士郎:散官名。从九品文官阶。[2]国子四门博士:国子监四门馆学官。博士管教七品以上侯伯子男的子弟及有才干的庶人子弟。守:署理的意思。官阶低而所署官高叫守。韩愈于唐德宗贞元十八年(公元802年),由吏部铨定,以从九品下将仕郎的身份,担任正七品上国子监四门馆博士故曰守。[3]尚书:官名。秦时本为少府属官,掌殿内文书,职位很低。汉成帝时设尚书员,群臣奏章都经过尚书,位虽不高但权很大。隋唐设尚书省,以左右仆射分管六部政务。于顿为工部员外郎故称尚书。[4]休光:盛美的光辉。[5]彰:明,显明。[6]传:传扬,流布。[7]相须:互相需要,互相期待。[8]遇:投合。相遇:互相碰到、相逢。[9]诣:奉承。[10]顾:关心,照顾。[11]戚戚:忧惧。[12]赫赫:显赫盛大貌。[13]干:求取。[14]求:搜求。[15]侧闻:从旁听说。抱:怀抱。不世才:不是世上所常有的才干。[16]道方:为人方正。事实:行事讲求实际。[17]卷舒:卷曲伸展,引申为举动。[18]抑:转折连词,然、则的意思。[19]礼:以礼相待。[20]恒人:平常人,普通人。[21]隗:郭隗,战国时燕国人。燕昭王招纳贤士,欲报齐国之仇,往见郭隗,郭隗说:"今王欲致士,先从隗始,隗且见事,况贤于隗者乎?"[22]刍:喂牲口的草料。仆赁:雇用仆人。

【译文】

七月三日,将仕郎、守国子监四门馆博士韩愈,恭敬地上书给尚书阁下:

士人能够享有大名,显扬于当世的,没有谁不是得到先显达的前辈、负有天下人的众望的人,做他的引导;士人中能够留下美好的光辉、照耀后世的,也没有谁不是有后来的人、负有天下的声望的,作为他的后继者。没有人做先导,虽然有关好的才能也不能显示出来;没有人为后继,虽然有盛大的德行也得不到传扬。这两种人,不是不互相期待,然而千百年才能有一次互相碰到。难道在上位的人无人可以引进,处在卑下地位的人不堪推举?为什么他们互相期待那么殷切而相逢又那样难得呢?其中的原因,地位卑下的人因为有才能而不肯去奉承高官,高官重臣因位地崇高而不肯关心地位卑下的人。所以才高的人多是忧愁于穷困,居高位的却没有显赫的名声。这两种人的行为都有过失。未曾去求援,就不可以说居上位的人没有爱才者;未曾去搜求,就不可以说地位卑下的人中没有贤才。我考虑这些话已经很久了,从来不敢告诉别人。

我从旁听说阁下怀抱非一般人所有的才干,人品杰出而有决断,为人方正行事讲求实际,举动不随时俗文人武士量才录用。难道您就是我所说的那种在上位的人吗?然而却没有听说后进的士人中,有得到您的知遇,而得到您以礼相待于门下的人。难道是因为您搜求人才没有得到吗?还是您志在于建立功业,而办事专心在报主上,虽然遇见了有才干的人,也没有空闲以礼相待呢?为什么,应该听到你扶掖后人而一直没有听到呢?我虽然没有才能,大概自己的位置也不敢排在平常人的后面。阁下将要寻求有才干的人没有得到吗?古时候有人说:"请从隗始。"我现在只急于求得一朝一夕的粗茶淡饭和雇佣仆人的工资,这不过花费阁下一朝的享受就足够了。您如果说:"我的志向在于立功,因而办事专心于报效君主,所以虽然遇见有才干的人,也没有工夫去接见推举。"那就不是我敢于听到的了。世上那些庸夫俗子,既不值得向他们诉说;气概昂扬的人,又不能听我诉说;那实在是命运注定该穷困的了。

恭敬地献上我从前所写的一十八篇文章,如果承蒙您看一看,也足以知道我的志向所在了。韩愈惶恐地向您表示敬意。

答李翊书

【题解】

此信写于唐德宗贞元十七年(公元801年)。李翊向他请教写文章的方法,韩愈写了此信回复。信中提出了较系统学习写古文的见解。强调要学古人立言,必须以"仁义"为依归,因为"文"和"道"是统一的。作者根据自己的经验体会,指导李翊,首先应研究古代典籍,牢记圣人的思想写作时必须去掉陈旧的思想、命意和言词;进一步识别古书中所载之道的真伪,在写作时去掉内容上和言词中的杂、伪部分;永远坚持道德修养和读书。这是做文章的根本。最后还告诫他不要急于求成,不要受现实利益的诱惑。其中的"惟陈言之务去"和"气盛则言之短长与声之高下者皆宜"的观点,是作为古文运动倡导者的韩愈的创见,为后世所重视。

李翊:唐德宗贞元十八年进士。

【原文】

六月二十六日,愈白,李生足下[1]:

生之书辞甚高,而其问何下[2]而恭也。能如是,谁不欲告生以其道[3]?道德之归也有日矣,况其外之文[4]乎?抑愈所谓望孔子之门墙而不入于其宫者,焉足以知是且非邪[5]?虽然,不可不为生言之。

生所谓立言者是也,生所为者与所期者甚似而几[6]矣。抑不知生之志,蕲胜于人而取于人[7]邪?将蕲至于古之立言者邪?蕲胜于人而取于人,则固胜于人而可取于人矣;将蕲至于古之立言者,则无望其速成,无诱于势利[8]。养其根而竢其实[9];加其膏而希[10]其光。根之茂者其实遂[11],膏之沃者其光晔[12]。仁义之人,其言蔼如[13]也。

抑又有唯者,愈之所为,不自知其至犹未也。虽然,学之二十余年矣。始者非三代两汉[14]之书不敢观,非圣人之志不敢存。处若忘,行若遗,俨乎[15]其若思,茫乎其若迷。当其取于心而注于手也,惟陈言之务去[16],戛戛乎[17]其难哉!其观于人,不知其非笑之为非笑[18]也。如是者亦有年,犹不改。然后识古书之正伪,与虽正而不至焉者[19],昭昭然白黑分矣,而务去之,乃徐[20]有得也。当其取于心而注于手也,汩汩[21]然来矣。其观于人也,笑之则以为喜,誉之则以为忧,以其犹有人之说[22]者存也。如是者亦有年,然后浩乎其沛然[23]矣。吾又惧其杂也,迎而距之,平心而察之,其皆醇也,然后肆[24]焉。虽然,不可以不养[25]也。行之乎仁义之途,游之乎《诗》《书》之源,无迷其途,无绝其源[26],终吾身而已矣。气,水也;言,浮物也。水大而物之浮者,大小毕浮[27]。气之与言犹是也,气盛则言之短长,与声之高下者皆宜[28]。

虽如是,其敢自谓几于成乎?虽几于成,其用于人也奚取[29]焉?虽然,待用于人者,其肖于器[30]邪?用与舍属[31]诸人。君子则不然,处心有道,行己有方,用则施诸人,舍则传诸其徒、垂诸文,而为后世法[32]。如是者其亦足乐乎?其无足乐也。

有志乎古者希[33]矣。志乎古必遗乎今,吾诚[34]乐而悲之。亟称其人,所以劝之,非敢褒其可褒,而贬其可贬[35]也。问于愈者多矣,念生之言不志乎利,聊相为言之。愈白。

【注释】

[1]六月二十六日:指唐德宗贞元十七年(公元801年)六月二十六日。白:说,陈述,禀告。生:古时前辈对弟子的称呼,也指一般读书人。足下:对人的敬称。[2]书辞:书信中的文辞。下:廉逊。[3]道:指学习和写作的方法、规律。[4]归:归属。有日:指日可待。其外之文:其,指道德。韩愈认为文以载道。文是道德的外在表现。[5]抑:连词,表

示转折,即然而、不过。望孔子之门墙而不入于其宫,典出《论语·子张》:"子贡曰:'……夫子之墙数仞,不得其门而入,不见宗庙之美,百官之富。'"意思是说自己只是望见了孔子的门墙,还没有升堂入室,这是作者的自谦,说自己的道德学问还未修养到家。焉:哪里。[6]立言:指李翊来信中关于立志于著书立说的话。期:期望。几:近,接近。[7]蕲(qí):同"祈",求。取于人:被别人学习、仿效。[8]固:已经。诱:诱惑。当时科举考试皆用时文(骈文),所以韩愈说欲学古之立言者便要不受现实利益的诱惑。[9]俟:等待。实:果实。[10]膏:油脂。希:企求,希望。[11]遂:成熟。[12]沃:肥美。晔(yè):明亮。[13]蔼如:和蔼、温顺的样子。[14]三代两汉:指夏、商、周三代和西汉、东汉。[15]俨乎:庄重的样子。乎用法同"然"。[16]惟陈言之务去:陈言:陈旧的观点、命意和言词。务:必须。对韩愈"惟陈言之务去"这一论点含义的理解,当世和后世的文论中理解不尽一致。《艺概·文概》方东树说:"去陈言,非止字句,先在去熟意,凡前人所已道之意与词,力禁不得袭用。"此说可能比较符合韩愈本意。[17]戛(jiá)戛乎:困难貌。[18]非笑:非议和讥笑。[19]有年:多年。犹:仍然。不改:指不改变他的学习写作主张和对待讥笑的态度。正伪:真假。真:指宣扬孔孟之道的古书;伪:指宣扬杨、墨、佛、老学说的书。正而不至焉者:虽然是宣传儒家思想但还没有达到阐释透彻,选择精当的著作。[20]徐:缓慢,逐渐。[21]汩(gǔ)汩:水流急貌。形容文思如涌。[22]说:指人的观点。[23]浩乎:广大貌。沛然:迅疾。[24]杂:指内容不纯。迎:逆。距:通"拒",抗拒、阻止。醇:纯正。肆:受拘束。[25]养:加强修养。[26]《诗》《书》:《诗经》《尚书》。这里是指代各种儒家经典著作。其途:其仁义道德之途。其源:指《诗》《书》等儒家经典著作。[27]气:指思想修养,精神状态。《孟子·公孙丑上之二》讨论到言、心、志、气的关系问题。孟子对告子的"不得于言,勿求于心;不得于心,勿求于气"的言论提出自己的看法。认为"不得于心,勿求于气",是对的。但"不得于言,勿求于心",则是不对的。因为"夫志,气之帅也;气,体之充也。夫志至焉,气次焉;故曰:'持其志,无暴其气。'"接着提出了"我知言,我善养吾浩然之气"。韩愈的养气说即本于此。毕:尽。[28]盛:充足。宜:恰当。[29]用于人:被别人所用。奚:疑问词,有什么的意思。取:采用。[30]肖:像。器:器物。[31]舍:通"捨",放弃、不用。属:跟随,指听从别人决定。[32]处心:考虑问题。道:规律、事理。行己:自己的行为。有方:有准则。法:效法。[33]希:同"稀",少。[34]遗:弃。诚:确实。[35]亟:屡次,一再。其人:指有志于学古人立言的人。劝:鼓励,劝勉。可褒者,指学古文者。可贬:可贬者,指学时文的人。

【译文】

六月二十六日,韩愈对李生陈述:

你的来信文辞水平很高,而求教的态度又是那样地谦逊而恭敬。能够这样做,哪个不愿意将自己的学习和写作的方法体会告诉你呢?道德归于你已经指日可待了,何况道德的外表现的文章呢?但我这个所谓的望见了孔子的门墙但还没有进到他的房子里去的人,哪能分辨得清道理是对还是不对呢?虽然如此,不可以不对你说一说。

你所说的志在立言的话是对的,你所做的和你所期望的很相近了。然而不知道你的志向,是希望超过一般人而被人重视呢?还是要求达到古代著书立说的人的水平?希望超过一般人而被人重视,那你现在就已经达到了超过一般人而被人重视的程度了;如果要求达到古代著书立说的人的水平,就不要指望很快就会成功,不要被现实利益所诱惑。要像培植果树一样,先培养它的根再等待它的果实;要像点灯一样,先给它加油再希望它的光亮。根壮实的它的果实就成熟,油脂肥美的它的光就明亮。有仁义的人,他的言辞就和蔼。

然而又有费解的地方,我的所作所为,自己也不知道已经达到了古代著书立说者的水平还是没有达到。虽然是这样,但我学习古圣先贤的书已经二十多年了。开初的时候不是夏、商、周三代和前后汉的书不敢阅读,不是圣人的思想我不敢存在心里。无论是静处还是行走的时候,就像忘了周围的一切,成天一副庄重严肃的样子,像是在思考,茫茫然又像有什么迷惑不解。当我把心里的想法用手写出来的时候,凡是陈旧的观点、命意和言词一定要去掉,实在困难且费力啊!把写好的文章给别人看,不知道别人的非议讥笑是非议讥笑。像这样的情况也有好些年,还是没有改变。以后才能识别古书中的真和伪,而虽然也是正统的儒学但还没有达到阐释透彻,选择精当的,对这些分辨得清清楚楚,如同区分黑色和白色一样,而对于非纯儒家思想的东西一定清除掉,这才渐渐有了收获。当我把心中的所想倾注在笔端时,文思如流水般涌起。把写好的文章给别人看,别人笑话我就觉得值得高兴,别人夸赞我就为它发愁,因为这说明我的文章里还存在着一般人的观点。像这样也过了好些年,然后写起文章来就像江河的水一样浩浩荡荡了。我又担心内容不纯,便让奔涌的文思停止下来,平心静气地思考一番,内容都纯正了,然后就不受拘束地去写。虽然是这样,但是不可以不加强学习和修养。要在仁义的大路上行走,要在《诗经》《尚书》的源头游泳,不要迷失道路,不要断绝源头,一直坚持到死为止。人的精神状态好比是水,言辞文章好比是浮在水上的物体。水大那么浮在水上的物体,大的小的都能浮起来。气和言词文章的关系就如同水和浮物的关系一样,气盛,那么言词的长短,声调的高低都会恰到好处。

虽然是这样说,但我敢于认为自己已经成就了古代著书立说的先贤的水平了吗?即便是接近了那样的水平,可是它对时下的人们又有什么可采用的呢?虽说是这样,那等待别人采用的,它就像一件器物吧?用还是不用是听从别人决定。君子就不是这样,他考虑问题有一定的事理,自己的行为有一定的准则,如果为人所用就把自己的道德文章给予众人,不用就将它传给徒弟、留存在著作里,让后人学习。像这样做是值得高兴吗?是不值得高兴的。

有志于学习古人立言的人太少了。立志学古必然会被今人遗弃,我确实为他们感到高兴而又悲伤。屡次称赞这样的人,用来勉励他们,并不是我敢于褒扬那些应该褒扬的人,和敢于批评那些应该批评的人。向我求教的人很多,想到你说的用心不在于求利,姑且对你说说这些。韩愈启。

祭十二郎文

【题解】

这是一篇哀祭文。十二郎名老成,是韩愈二哥韩介的儿子,因韩愈大哥韩会无子,从小过继给韩会做儿子,在叔伯弟兄中排行十二,故称十二郎。此文作于老成死后七日,当是唐德宗贞元十九年(公元803年)六月。

韩愈三岁丧父,由大哥大嫂抚养,从小和十二郎生活在一起,名虽叔侄,但年龄相差不大,情感甚笃。听到十二郎死讯,作者十分哀痛,作此文寄托哀思。

文中作者对死者倾诉了他沉痛的心情,无尽的哀思;回顾了他们少年时共患难,长大后常别离的经历,倾诉了他接噩耗后似信非信的心理活动,和他对今后的安排打算,如与十二郎闲话家常,写得特别感人,被称为祭文中的"千年绝调"。

【原文】

年月日[1],季父[2]愈,闻汝丧之七日,乃能衔哀致诚[3],使建中远具时羞之奠[4],告汝十二郎之灵[5]:

呜呼!吾少孤,及长,不省所怙[6],惟兄嫂是依。中年兄殁南方[7],吾与汝俱幼,从嫂归葬河阳,既又与汝就食江南[8],零丁[9]孤苦,未尝一日相离也。吾上有三兄,皆不幸早世[10]。承先人后者,在孙惟汝,在子惟吾,两世一身[11],形单影只。嫂尝抚汝指吾而言曰:"韩氏两世,惟此而已[12]!"汝时尤小,当不复记忆,吾时虽能记忆,亦未知其言之悲也。

吾年十九,始来京城[13]。其后四年,而归视汝[14],又四年,吾往河阳省坟墓,遇汝从嫂丧来葬[15]。又二年,吾佐董丞相于汴州[16],汝来省吾,止一岁,请归取其孥[17]。明年丞相薨[18],吾去汴州,汝不果来[19]。是年,吾佐戎徐州[20],使取汝者始行,吾又罢去[21],汝又不果来。吾念汝从于东[22],东亦客也,不可以久,图久远者,莫如西归[23],将成家而致汝[24]。呜呼!孰谓汝遽[25]去吾而殁乎!吾与汝俱少年,以为虽暂相别,终当久相与处,故舍汝而旅食京师,以求斗斛之禄[26]。诚知其如此,虽万乘之公相,吾不以一日辍[27]汝而就也。

去年,孟东野往[28],吾书与汝曰:"吾年未四十,而视茫茫、而发苍苍、而齿牙动摇。念诸父与诸兄,皆康强[29]而早世,如吾之衰者,其能久存乎!吾不可去,汝不肯来,恐旦暮死,而汝抱无涯[30]之戚也。"孰谓少者殁而长者存,强者夭而病者全乎!呜呼!其信[31]然邪?其梦邪?其传之非其真邪?信也,吾兄之盛德而夭其嗣[32]乎?汝之纯明而不克蒙其泽[33]乎?少者强者而夭殁,长者衰者而存全乎?未可以为信也;梦也,传之非其真也,东野之书、耿兰[34]之报,何为而在吾侧也?呜呼!其信然矣。吾兄之盛德而夭其嗣矣!汝之纯明宜业其家[35]者,不克蒙其泽矣!所谓天者诚难测,而神者诚难明[36]矣!所谓理者不可推,而寿者[37]不可知矣!虽然,吾自今年来,苍苍者或化而为白矣,动摇者[38]或脱而落矣。毛血日益衰,志气[39]日益微,何不从汝而死也!死而有知,其几何离;其无知,悲不几时[40],而不悲者无穷期矣!汝之子始十岁,吾之子始五岁,少而强者不可保,如此孩提者,又可冀[41]其成立邪?呜呼哀哉!呜呼哀哉!

汝去年书云:"比得软脚病,往往而剧[42]。"吾曰:"是疾也,江南之人,常常有之。"未始[43]以为忧也。呜呼!其竟以此而殒[44]其生乎?抑别有疾而至斯[45]极乎?汝之书,六月十七日也;东野云,汝殁以六月二日;耿兰之报无月日。盖东野之使者,不知问家人以月日;如耿兰之报,不知当言月日;东野与吾书,乃问使者,使者妄称[46]以应之耳。其然乎?其不然乎?

今吾使建中祭汝,吊汝之孤与汝之乳母。彼有食可守以待终丧,则待终丧[47]而取以来;如不能守以终丧,则遂取以来。其余奴婢,并令守汝丧。吾力能改葬,终葬汝于先人之兆,然后惟其[48]所愿。

呜呼!汝病吾不知时,汝殁吾不知日,生不能相养以共居,殁不能抚汝以尽哀。敛不凭[49]其棺,窆[50]不临其穴。吾行负神明而使汝夭,不孝不慈,而不得与汝相养以生、相守以死;一在天之涯,一在地之角,生而影不与吾形相依,死而魂不与吾梦相接,吾实为之,其又何尤[51]!彼苍者天,曷其有极[52]!自今已往,吾其无意于人世[53]矣。当求数顷之田于伊颍[54]之上,以待余年;教吾子与汝子,幸其成;长[55]吾女与汝女,待其嫁,如此而已。呜呼!言有穷而情不可终,汝其知也邪?其不知也邪?呜呼哀哉!尚飨[56]!

【注释】

[1]年月日:《文苑英华》作贞元十九年(公元803年)五月二十六日。但本文中说"汝之书六月十七日也",所以五月二十六不可信。"五"字可能是六字之误。[2]季父:最小的叔父。古时兄弟行辈中长幼的次第是:长为"伯",次为"仲",第三为"叔",最小为"季"。[3]乃:语помощью词。衔哀:含着悲痛。致诚:表达心情。[4]建中:人名。韩愈派去祭奠十二郎的人。时羞:时鲜的菜肴。奠:向鬼神供奉祭品。此处指祭品。[5]灵:灵魂。[6]少孤:韩愈的父亲韩云卿于公元770年去世,当时韩愈只有三岁。怙(hù):依靠,凭恃。《诗经·小雅·蓼莪》:"无父何怙,无母何恃。"后因而用怙恃作父的代称。省(xǐng):知道。[7]兄嫂:指韩愈的大哥韩会和大嫂郑夫人。韩愈父亲死后,随兄嫂生活,会死,郑夫人将他教养成人。兄殁南方:韩会因元载案受株连于公元777年5月,由起居舍人被贬为韶州刺史,不久死于任上,卒年四十二岁。当时韩愈十岁。殁,死。[8]河阳:在今河南省孟县。韩氏的故乡,祖宗坟茔所在地。就食:谋生。江南:指宣州(今安徽宣城市)。韩氏在此有别业。[9]零丁:孤独无依。[10]上有三兄:韩愈上有韩会、韩介二兄,另一兄可能幼夭,未及命名。早世:早死。[11]先人:指其父韩仲卿。两氏:指韩仲卿的子、孙两代。一身:指单传。[12]惟:通"唯",只有。此:指代你们两人。而已:罢了。[13]吾年十九:指

唐德宗贞元二年(公元786年)韩愈第一次赴长安考进士。[14]其后四年:韩愈考试屡落第,于贞元八年才考取。当中曾回宣州一次。[15]从嫂丧来葬:指老成扶养母郑夫人灵柩从宣州归葬河阳。郑夫人于贞元九年去世。韩愈作有《祭郑夫人文》。[16]董丞相:董晋。唐德宗贞元十二年(公元796年)任宣武节度使,汴、宋、亳、颍等州观察使,韩愈在他手下为推官。汴州:在今河南开封。[17]孥(nú):妻子和儿女。[18]薨(hōng):古时公卿死亡称薨。董晋卒于贞元十五年二月。[19]不果来:没有来成。韩愈随董晋灵柩西行,离开汴州四天,那里便发生了兵乱。[20]佐戎徐州:董晋死后,韩愈到宁武节度使张建封帐下,为徐州节度推官。佐戎:助理军务。[21]吾又罢去:第二年韩愈又离开了张建封。[22]东:东方,指汴、徐二州。[23]西归:回故乡河阳。[24]致汝:接你回来。[25]遽(jù):骤然。[26]斗斛:古代量器。十升为一斗,十斗为一斛。禄:俸禄。[27]辍:停止、中止,此引申为离开。[28]孟东野:即孟郊,诗人,韩愈的朋友、学生。贞元十七年自长安到溧阳做县尉,韩愈曾托他带信给老成。[29]诸父:伯父、叔父。康彊:健康强壮。[30]无涯:无边际。指无穷尽。[31]孰:疑问代词,谁。信:的确。[32]盛德:美好的品德。嗣(sì):后代。[33]纯明:纯正贤明。克:能够。蒙:受。泽:恩惠。[34]耿兰:来报十二郎死讯的家人。[35]业其家:指继承先人的事业。[36]诚:果然。测:猜测,预料。明:知道。[37]理:事理。推:推想。寿:寿命。[38]苍苍者:指花白头发。动摇者:指松动的牙齿。[39]毛血:气血、毛发,指体质。志气:指精神。[40]几何:不多时的意思。几时:多时。[41]汝之子:老成有两个儿子长为韩湘,少为韩滂。这里指韩滂。吾之子:指韩昶(chǎng)。孩提:幼儿。冀:希望。[42]比:近来。软脚病:脚气病。剧:加重。[43]未始:不曾。[44]其:难道。竟:居然,终于。殒(yǔn):死亡。[45]抑:还是。斯:此。[46]妄称:胡乱编造。[47]吊:慰问。终丧:丧期终了。古时人死后服丧者要守孝三年才能除去丧服,为终丧。[48]兆:墓地。惟:考虑。其:指代奴仆。[49]敛:通"殓"。为死者更衣称小殓,将死者放入棺木中称大殓。凭:靠。[50]窆(biǎn):下葬。[51]神明:神灵。天涯、地角:天的边际,地的边际,形容相距遥远。而:通"尔"。尤:怨。[52]彼苍者天:出自《诗经·秦风·黄鸟》:"彼苍者天,歼我良人。"曷其有极:出自《诗经·唐风·鸨羽》:"悠悠苍天,何其有极!"曷,同"何"。极,尽头。[53]无意于人世:意即不想在官场中继续奔波劳碌。[54]顷:一百亩为一顷。伊颍:伊水和颍水,都在河南省。这里以此指韩愈家乡。[55]教:教育。幸:希望。长:抚养。[56]尚:希望,表示劝勉。飨:通"享"。尚飨:希望前来享用祭品。

【译文】

某年某月某日,叔父愈听到你过世消息的第七天,才能怀着哀痛向你倾诉心情,派建中远来备办时鲜菜肴作祭品,祭告你十二郎的灵魂:

呜呼！我幼年就失去父亲，待到长大，也不知道父亲的容貌，只有兄嫂是我的依靠。哥哥中年的时候死在了南方，我和你都还年幼，跟随着嫂嫂把哥哥送回河阳安葬，不久又和你一道到江南谋生，孤苦伶仃，相依为命，没有一天分开过。我上面有三个哥哥，都不幸过早地去世。继承先人的后代，孙子辈只有你，儿子辈只有我，两代都只有一人，真是形影孤单。嫂嫂曾经抚摩着你指着我说："韩家两代人，只有你们俩罢了。"你当时还小，大概不会记得，我那时虽然能记住，也不明白她说这话的悲哀心情。

我十九岁时，开始来到京城。那之后过了四年，才回家看视你。又过了四年，我到河阳老家去祭扫祖先的坟茔，遇到你护送嫂嫂的灵柩来安葬。又过了两年，我在汴州辅佐董丞相，你来看望我，只住了一年，你就要求回去接妻儿。第二年董丞相去世，我离开了汴州，你没有来成。这一年，我到徐州张建封帐下助理军务，派去接你的人才出不久，我又辞职离开徐州，你又没有来成。我想，你随我东来徐州住，徐州也是客居，不可以久住，为长远计算，不如西归故乡河阳，打算把家安置好就接你来。呜呼！谁料你骤然丢下我而去世呢！我与你都年轻，以为虽然暂时分离，终归是要长期住在一起的，所以离开你去京城谋生，以求取一点点俸禄。如果知道会这样，即便是拥有万辆车的王公丞相，我也不愿离开你一天去就任。

去年，孟东野到溧阳赴任经过，我带信给你说："我年纪不到四十，就已眼睛昏花、头发花白、牙齿摇动。想到伯父、叔父和哥哥们，都是健康强壮的时候就早早过世，像我这样衰弱的身体，还能够活得长吗！我不能离开这里，你又不愿意来此，唯恐我早晚死去，你就要怀抱无穷无尽的悲伤了。"谁料年轻的死了而年长的却活着，健康的死了而衰弱的却保全下来！呜呼！是真的这样呢？还是做梦？是传来的消息不真实呢？真的是这样，我哥哥那样美好的品德，他的儿子却要早逝吗？你的纯正贤明还不能够受到他的庇佑吗？年轻的健康的早逝，年长的衰老的却保全下来，我不能够相信这是真的；是做梦吗，是传来的消息不真实吗，东野的书信，耿兰的报丧，为什么在我的身旁呢？呜呼！这是真的了。我哥哥的美好品德，他的儿子却早逝，你纯正贤明宜于继承先人事业，却不能够受到他的庇佑！真是人们所说的天意难以预测，神灵难以明白；正如人们所说的事理不可以推想，寿命不可以预知。虽然如此，我自从今年以来，花白的头发已变成全白了，动摇的牙齿已经脱落了。体质日渐衰弱，精神日渐减退，要不了多久就会跟随你离去了！死后如果有知觉，我们就没有多久的分离了；死后如果无知，悲伤就不会有多久，而不会悲伤的日子倒是没有穷尽呢！你的儿子才十岁，我的儿子才五岁，年轻健壮的不能够保全，这样小的孩子，又可以希望他们长成吗？唉呀悲伤啊！唉呀悲伤啊！

你去年来信说："你患了脚气病，日渐加重。"我说："这种病，江南的人，往往都有。"没有把它当作可忧虑的事。呜呼！难道竟是它送了你的命吗？还是由于别的病使你到这种地步呢？你的信，是六月十七日写的；东野说，你是六月二日过世的；耿兰的报丧信上没有说月日。大概东野的差人不知道问明过世的日子；而耿兰的报丧书信，又不明白应该说明死亡的时日；东野给我写信时，才询问差人，差人胡乱编造个日子来应付他罢了。事情是这样呢？或者不是这样呢？

现在我派建中去祭奠你，慰问你的遗孤和奶妈。他们在宣州如果生活有着落可以维持到守孝期满丧，就立即去接他们。其余的奴仆，都叫他们守你的丧，我有能力改葬，终归要将你葬到祖宗的墓地，然后再考虑他们的去留。

呜呼！你生病我不知道是什么时候，你过世我不知道是什么日子，活着不能够住在一起共同生活；死后不能够抚着你的遗体表达哀伤。入殓的时候不能靠在你的棺木旁边，下葬的时候不能来到你的墓穴旁边。我的行为有负于神灵所以使你早逝，我不孝顺不慈爱，不能和你互相照顾着生，互相守护到死；一个在天边，一个在地角，活着的时候你不能与我形影相依；死了以后你的魂灵不能来到我的梦中，这些是我造成的，又能怨谁呢！青天啊，我的痛苦什么时候才是尽头！从今以后，我已不想在官场中继续奔波劳碌了。当在伊水和颍水之滨置几顷田，来度过我剩下的岁月；教育我的儿子和你的儿子，希望他们长大成人；抚养我的女儿和你的女儿，等到她们长成出嫁。就是这样了。呜呼！话有说完的时候而哀痛的情感不可以终止，你是知道呢？还是不知道呢？唉呀伤心啊！希望你来享用！

南阳樊绍述墓志铭

【题解】

樊绍述：名宗师，唐河中（今山西省永济市）人。先为国子主簿，唐宪宗元和三年，举军谋宏远科，授著作佐郎。历任金部郎中、绵州刺史、绛州刺史、进谏议大夫，未拜而卒。南阳：郡名，治所在宛平（今河南省南阳市）。称樊绍述为南阳人，是因南阳为樊氏望族所居。樊绍述卒于唐穆宗长庆三、四年间。

墓志铭：一种文体，包括志和铭两部分。志多用散文记叙死者姓氏、籍贯、生平事迹等。铭则是用韵文来概括全篇。是对死者的赞扬、悼念或安慰之词。也有只用碑志或碑铭的。

本文对樊宗师的文章给予了很高的评价。一是赞扬他的文章内容"必出入仁义"，一是赞扬他的文章富于创新，"不袭蹈前人一言一句"，深得古人为文之道。从中可以看出韩愈所提倡的古文标准是什么。

【原文】

樊绍述既卒且葬[1]，愈将铭[2]之，从其家求书，得书号《魁纪公》者三十卷，曰《樊子》者又三十卷[3]，《春秋集传》十五卷，表笺、状策、书序、传记、纪志、说论、今文赞铭凡二百九十一篇，道路所遇及器物、门里杂铭二百三十[4]，赋十，诗七百又十九。曰："多矣哉，古未尝有也。然而必出于己，不袭蹈[5]前人一言一句，又何其难也！必出入仁义[6]，其富若生蓄[7]，万物必具，海含地负[8]，放恣横从，无所统纪[9]。然而不烦于绳削[10]而自合也。呜呼！绍述于斯术[11]，其可谓至于斯极者矣。"

生而其家富贵,长而不有其藏一钱。妻子告不足,顾且笑曰:"我道盖是也[12]。"皆应曰:"然。"无不意满。尝以金部郎中告哀南方[13]还,言某师不治,罢之,以此出为绵州[14]刺史。一年,征拜左司郎中[15],又出刺绛州[16]。绵、绛之人到今皆曰:"于我有德[17]。"以为谏议大夫,命且下,遂病以卒,年若干。

绍述讳宗师。父讳泽,尝帅襄阳、江陵,官至右仆射,赠某官[18]。祖某官,讳咏[19]。自祖及绍述,三世皆以军谋堪将帅[20],策上第以进。

绍述无所不学,于辞于声,天得[21]也。在众若无能者。尝与观乐,问曰:"何如?"曰:"后当然[22]。"已而果然。铭曰:

惟古于词必己出,降而不能乃剽贼,后皆指前公相袭,从汉迄今用一律[23]。寥寥久哉莫觉属,神徂圣伏道[24]绝塞。既极乃通发绍述,文从字顺各识职[25]。有欲求之此其躅[26]。

【注释】

[1]既卒:已死。且葬:将葬。[2]铭:作动词用,意即为他写铭文。[3]魁纪公:樊绍述的自称。《新唐书·艺文志》别集类载《樊宗师集》二百九十一卷,杂家类载《魁纪公》三十卷,又《樊子》三十卷。[4]表笺:表,奏章的一种。汉制,下言于上,分章、奏、表、议四种。表,不需抬头,开头写"臣某言",结尾写"诚惶诚恐,顿首顿首,死罪死罪"具名"某官臣××上"。表多用于陈述衷情。笺,文体名,书札、奏记之类,奏笺多用以上皇后、太子、诸王。状策:状,文体名,向上级陈述事实的文书。策,文体名,古代考试以问题书之于策,令应举者作答,称为"策问",士子作答的文字后来成为一种文体,称"策论"或"策"。书序:书,书信。序,文体名,评介作品内容的文字,送别赠言的文字都称序。今文:指唐时流行的骈文。赞铭:赞,文体名,为歌颂美德、功绩的文字。铭,文体名,古代为文刻于器物或碑版上,或称述功德,使传扬于后世,或用以自警。另外,大山川、宫室、门里(乡里之门)皆可制铭。[5]袭蹈:因袭,沿用。[6]出入仁义:指文章思想内容不离仁义范畴。[7]生蓄:生长、蓄养。[8]海含地负:如海所涵如地所载,形容文章内容广博。[9]放恣:骄纵、恣肆。横从:一作纵横。统纪:纲纪,准则。[10]绳削:木工用墨线划定标准,用斧头依线砍削。此处指修改文章合于语法。[11]斯术:指作文章之法。韩愈对樊宗师的文章极为推崇,曾让自己的儿子向宗师学习作文之道。但樊宗师的文章向以奇涩著称。唐

李肇《国史补》说:"元和之后,文笔则学奇于韩愈,学涩于樊宗师。"[12]顾:回视。道:为人之道。盖:句首语气词。是:如是,就这样。韩愈《与袁相书》说宗师"家故饶财,身居长嫡,悉推与诸弟,诸弟皆优赡有余。而宗师妻子常寒露饥馁,宗师怡然处之,无有难色。"[13]金部郎中:户部属官,掌库藏出纳、权衡度量、互市交易及百官、军镇、宫中之赏给。告哀南方:元和十五年(公元820年)正月,唐宪宗崩,樊宗师以金部郎中身份到南方传告哀讯。[14]某师:一作"某帅"。不治:没有治理好。罢之:指宗师因此被罢官。出:离开京师,有遭贬弃的意思。绵州:治所在今四川绵阳县。[15]左司郎中:尚书省左右丞的副手即郎中,左丞副手左司郎中。[16]绛州:治所在今山西新绛县。[17]德:恩惠。[18]樊泽,字安时,曾为襄州刺史、山南东道节度使和江陵尹、荆南节度使,贞元十二年(公元796年)加检校右仆射。死后赠官司空。[19]樊咏:《旧唐书·樊泽传》:"父咏,开元中举草泽,授试大理评事,累赠兵部尚书。[20]军谋堪将帅:唐制科"军谋宏远堪任将帅科"的简称。樊咏于开元中举草泽科,樊泽于建元年举贤良方正直言极谏科。樊始述于元和三年举军谋宏远堪任将帅科,三世并不同科。[21]辞:文辞,文章。声:音乐。天得:得之于天。犹言天生的。[22]后当然:以后会是这样。[23]降:下,由阶梯自上而下谓降。剽贼:剽窃。公:公然,无所顾忌。袭:因袭、重复。从汉:一作"后汉"。指东汉。一律:一样、一例。[24]寥寥:稀少。属:继承。徂:往、过去。伏:隐伏。道:指古人写文章之道。[25]既极:已达穷尽。通:《易·系辞下》:"《易》穷则变,变则通。"《易·系辞上》:"……往来不穷谓之通。"发:产生。文从字顺:指遣词造句通顺。识职:指用词妥帖切合意思。[26]求之:指求古人写文章的方法。躅:足迹。引申指门径、道路。

【译文】

　　樊绍述已亡故即将安葬,我将要为他写墓志铭,在他家里寻求他的著作,得到名为《魁纪公》的著作三十卷,名为《樊子》的又是三十卷,《春秋集传》十五卷,还有表笺、状策、书序、传记、纪志、说论、今文赞铭共二百九十一篇,为路上所见山川及宫室、器物、门里所写的铭文有二百二十篇,赋十篇,诗七百一十九首。我说:"真是多啊,古代作家中也未曾有过。而且文辞都是出于自己的创造,不因袭前人的一个词一句话,这又是多么不容易!文章思想内容不离仁义的范畴,题材丰富如同生长蓄养的生物,万物具备如同大海所包容大地所负载一样,文笔纵横奔放,没有什么准则的约束。但是他的文句不需要加工修改就自然合于语法修辞。唉呀!绍述对于写文章这门技巧,可以说是达到顶点了。

　　绍述出生时他家很富有且地位显贵,长大后他却不要家财中的一分钱。

他的妻子儿女告诉他缺少用度,他回过头来看着他们笑着说:"我做人就是这样的。"妻、子都回答说:"好的。"没有一点不满意。曾经以金部郎中的身份到南方去传告宪宗皇帝逝世的哀讯返回京师时,说到某师没有治理好,因此被罢官,离开京师到绵州去任刺史。一年后,朝廷征召他回来拜为左司郎中,之后又去绛州任刺史。绵州、绛州的老百姓到现在都在说:"樊刺史对我们有恩惠。"后来朝廷任命他为谏议大夫,诏命将要下达,他却生病亡故了,享年若干。

绍述名宗师。父亲名泽,曾经在襄阳、江陵当过节度使,官做到右仆射,死后追赠某官。他的祖父做过某官,名咏。从绍述的祖父到绍述,三代者是通过军谋堪将帅科考试得中,从而进入仕途的。

绍述没有什么不学习,对于文辞和声律,尤其得天独厚。在众人当中却好像没有才能似的。有人曾经同他一道观赏音乐,问他说:"音乐怎么样?"回答说:"以后会是这样。"过后果然如他所说。铭文说:

只有古人写文章必然是由自己创造出来,后世的人不能做到这点就剽窃,后来的人都指点着前人的文章公然因袭,从后汉到现在都一样。很久以来少有人想到要继承古人的做法,神圣的人要么消逝了要么隐伏不出,古人的为文之道已经断绝阻塞了。阻塞到了极点就会通达,于是出现了绍述,他的文章文从字顺,意思贴切,有想要求索古人作文的道理,可照着绍述的这条道路去做。

试大理评事王君墓志铭

【题解】

　　这是韩愈为曾任过大理评事的王适写的一篇墓志铭。约作于唐宪宗元和九年。

　　这篇墓志铭的主人公是一位"怀奇才负气",率性而行,一生不得志,最后默默死去的普通人。作者在墓志中,以亦庄亦谐的笔调,通过一些寻常事情的生动叙写,和通过人物的语言、行动的细节描写概括了王适的生平家世,突出了人物的性格特征。如写他"不肯随人后举选"写出他的自负;见到诸公贵人,说话生硬,赴科考又"对语惊人",见出他的耿直不阿;与李将军"一见语合意"即"往来门下""有所不乐"则离去不顾;卢从史派人延邀,他认为"狂子不足以共事"立谢客,在凤翔任职期间,"栉垢爬痒,民获苏醒",尤其写了他的才干和为人处世不拘礼法,率性而行。骗婚一节的描写,不但更突出了王君的不拘小节,还将媒婆的贪财狡猾和侯高胸无城府,不防人欺诈的品性都写活了。语言的诙谐,常令人发笑。王荆公曾赞美说:"退之善铭,如王适、张彻铭尤奇也。"但是这篇文章在当时和后世都有人提出非议。宰相裴度,以及韩愈的朋友兼学生张籍都认为是游戏之作。清代的曾国藩也认为"……此等文已失古意"。这皆是不能理解作者善于变通的卓识和此文高度的艺术成就。

【原文】

　　君讳适,姓王氏。好读书,怀奇负气[1],不肯随人后举选[2]。见功业有道路可指取[3],有名节可以戾契致[4],困于无资地,不能自出,乃以干诸公贵人,借助声势[5]。诸公贵人既志得,皆乐熟软媚耳目者[6],不喜闻生语,一见,辄戒门[7]以绝。

上初即位,以四科[8]募天下士。君笑曰:"此非吾时邪!"即提所作书缘道歌吟,趋直言试[9]。既至,对语惊人,不中第[10],益困。

久之,闻金吾李将军,年少喜事可憾,乃踏门[11]告曰:"天下奇男子王适,愿见将军白事。"一见语合意,往来门下。卢从史既节度昭义军,张甚[12],奴视法度士[13],欲闻无顾忌大语,有以君生平告者,即遣客钩至[14]。君曰:"狂子不足以共事。"立谢客[15]。李将军由是待益厚,奏为其卫胄曹参军[16],充引驾仗判官[17],尽用其言。将军迁帅凤翔[18],君随往,改试大理评事,摄监察御史,观察判官[19]。梳垢爬痒[20],民获苏醒。

居岁余,如有所不乐,一旦载妻子入阌乡[21]南山不顾。中书舍人王涯、独孤郁、吏部郎中张惟素、比部郎中韩愈日发书问讯,顾不可强起,不即荐[22]。明年九月,疾病舆医京师,其月某日卒,年四十四。十一月某日,即葬京城西南长安县界中。曾祖爽,洪州武宁令[23]。祖微,右卫骑曹参军[24]。父嵩,苏州昆山丞[25]。妻上谷侯氏处士高[26]女。高固奇士,自方阿衡、太师[27],世莫能用吾言,再试吏,再怒去,发狂投江水。

初,处士将嫁其女,惩[28]曰:"吾以龃龉穷[29],一女,怜之,必嫁官人,不以与凡子。"君曰:"吾求妇氏久矣,惟此翁可人意[30],且闻其女贤,不可以失。"即谩谓媒妪[31]:吾明经及第,且选[32],即官人。侯翁女幸嫁,若能令翁许[33]我,请进百金为妪谢。"诺,许白翁。翁曰:"诚官人耶? 取文书[34]来。"君计穷吐实。妪曰:"无苦,翁大人不疑人欺我。得一卷书,粗若告身者,我袖以往,翁见未必取眎[35],幸而听我。"行其谋,翁望见文书衔袖[36],果信不疑,曰:"足矣。"以女与王氏。生三子,一男二女,男三岁夭死,长女嫁亳州永城尉姚侹,其季始十岁。铭曰:

鼎也不可以柱[37]车,马也不可使守闾[38]。佩玉长裾,不利走趋[39],祗系其逢[40],不系巧愚。不谐其须,有衔不祛[41]。钻石埋辞,以列幽墟[42]。

【注释】

[1]负气:谓恃其意气,不肯屈于人下。[2]举选:参加考试应选。[3]功业:功勋事业。指取:指,用手指着;取,得到。意即容易得到。[4]名节:名誉与节操。戾契:曲折倾斜。此句中"有名节……""有"字一本作"而"字,或"有"字应属上句。[5]无资地:没有资格、地位。干:求取。声势:声威和气势。[6]乐熟:喜欢和常常听到。软媚耳目者:指用温软讨好的语言态度逢迎人的人。[7]生语:耳生的话,与上句的耳熟的软媚语相对。戒门:告诫守门人。[8]上:指唐宪宗李纯。四科:指贤良方正能直言极谏科;才识兼茂明于体用科;达于吏理可使从政科;军谋宏远堪任将帅科。是由皇帝特诏举行的制举考试科目。唐代的制举科名繁多,有八十多种。[9]缘道歌吟:(在赴京师的路上)边行走边歌吟。趋直言试:赴贤良方正能直言极谏科的考试。此为元和二年(公元807年)四月事。[10]不中第:没有考取。第,科第,科举考试中者称及第,不中者称落第。[11]李将军:指李惟简,宪宗时为金吾卫大将军,后出为凤翔节度使。喜事:一本作"喜士"。可撼:可以打动。踽门:小步走路,一本作"踏"。[12]卢从史:昭义军节度使。后因勾结王承宗作乱,赐死。昭义军:唐藩镇名,治所在潞州(今山西省长治市)。张甚:嚣张已极。[13]奴视:鄙视。[14]钩至:想法诱来。[15]谢客:谢绝说客。[16]卫青曹参军:即左右金吾卫胄曹参军事。《新唐书·百官志》:左右金吾卫"胄曹参军事,掌同左右卫。大朝会行从,给青龙旗、槊稍卫于尉。"[17]引驾仗判官:官名,皇帝出行时,负责引导车乘仪仗事。[18]凤翔:唐府名,治所在天兴(今陕西省凤翔县)。[19]改试:改任。大理评事:官名。唐大理寺设评事八人,掌推断刑狱。摄:兼任、代理。监察御史:官名。唐制,监察御史十五人,隶属御史台察院,掌分察百官,巡抚州县狱讼、祭祀及监诸军出使等。观察判官:为节度使属官,掌观察吏治民情。[20]栉垢:清除污垢。爬痒:搔痒。意谓为人民除去弊政减除痛苦。[21]阌(wén)乡:县名,在今河南省灵宝市。[22]中书舍人:官名,是中书省的属官,掌管诏令、侍从、宣旨、接纳上奏文表等事。王涯:字广律,太原人。两次为相,官至司空。李训、郑注谋诛宦官,事败,王涯亦被杀。独孤郁:字古风,河南洛阳人。历官翰林学士、秘书少监。吏部郎中:官名或称为吏部郎,主管选授举用官员。张惟素:元和年间曾任吏部侍郎。比部郎中:官名,刑部属官。韩愈元和八年三月任比部郎中。不即荐:就没有推荐。[23]洪州武宁:在今江西省武宁县。[24]右卫骑曹参军:左右卫设骑曹参军事各一人,掌外府杂畜簿帐、牧养。左右卫系皇家警卫队。[25]苏州崑山:即今江苏省昆山县。[26]上谷:郡名,治所在易县(今河北省易县)。处士:隐居不仕的士人。侯高:字玄览。和孟郊、韩愈等人相善。[27]方:比拟。阿衡:商代官名,辅臣中的最高官职。伊

— 109 —

尹就做过商的阿衡。太师:古代三公之一,为国君辅弼。[28]惩:告诫。[29]龃龉:牙参差不齐,比喻抵触、不合。穷:困厄,不得志。[30]可人意:适合人的心意。[31]谩:欺骗。媒妪:媒婆。[32]明经:唐代科举考试科目之一。且选:将被选官。[33]幸嫁:庆幸将出嫁。许:许配。[34]诚:确实,当真。文书:指中举、授官的证明文件。[35]粗若:大略像。告身:授官的文书。眎:同"视"。[36]衔袖:半笼在袖子里。[37]柱:支撑。[38]守闾:看守里巷的大门。[39]佩玉:系物于衣带叫佩。古代仕人与贵族以佩玉为饰,以玉比德。长跽:长衫,也指长袖。走趋:快步走。趋:疾走。[40]衹:仅仅。系:关涉。逢:际遇。[41]谐:和谐,协调。须:需要。祛:同"胠",开。[42]幽墟:深暗的大丘之下,指坟茔里边。

【译文】

君名适,姓王。喜爱读书,怀抱奇才不肯屈于人下,不愿意跟在别人后面去赴科举考试。他眼见功勋事业有道路可以指着取得,名誉与节操也可以曲折地达到,但苦于没有资格、地位,自己的才能抱负不能够显露出来,这才去求那些公卿贵人,想借助他们的声望势力。那些公卿贵人已经得其所愿,都喜欢常常见到听到的温软讨好的语言态度,不喜欢听生硬的话,见过他一回,就告诫守门的人不再让他进门。

皇上刚登位,开设四个科目的考试来招募天下的才士。王君笑着说:"这不正是我的好时机吗?"于是提着他所写的书,沿途边走边歌吟,去参加直言极谏科的考试。考试时,他对答的话语令人吃惊,没有考中,从此更加困窘。

过了很久,听说金吾卫李将军,年轻喜欢和士人结交,于是登门报告说:"天下奇男子王适,希望见到将军陈述事情。"一见面就谈得很投机,于是便经常出入于李将军门下。卢从史担任昭义军节度使后,嚣张已极,鄙视那些遵守规矩礼法的人,想听没有顾忌的大话,有人以王君的生平为人相告,他立即派人去招引王君。王君说:"卢从史是个狂妄的人,不值得和他共事。"立即谢绝了说客。李将军因此越发看重他,保奏他为卫胄曹参军,充当引驾仗判官,办事完全采纳他的意见。李将军后来升调为凤翔节度使,王君也随同前往,改任大理评事兼监察御史、观察判官。他在任上就像用梳子清污垢,抓搔痛痒一般,为人民除去弊政减轻痛苦,使百姓获得苏醒。

住了一年多,好像有什么不愉快,有一天用车子载着妻、子到阌乡县的南山中对官职毫不顾惜。中书舍人王涯、独孤郁、吏部郎中张惟素、比部郎中韩愈接连写信去问讯，那样子不能够强迫他再出仕，就没有再推荐他。第二年九月间，他病得很重，用车子送到京师来看医生，当月的某天过世，享年四十四岁。十一月某日，葬在京城西南方长安县境内。他的曾祖父王爽，当过洪州武宁县令。祖父王微，曾任右卫骑曹参军。父亲王嵩，曾任苏州昆山县丞。他的妻是上谷处士侯高的女儿。侯高是位奇特的人，以阿衡、太师自比，认为世上没有人能够采用自己的意见，两次做官，两次生气离去，以至发狂投入了江水中。

当初，侯处士即将嫁出他的女儿，告诫说："我因为和人意见不合所以不得志，只有这个女儿，非常怜爱她，一定要把她嫁给做官的，不把她许给一般人。"王君说："我寻求妻室已经很久了，只有这位老先生符合我的心意，而且听说他的女儿很贤惠，不可以错过机会。"就骗媒婆说："我是明经科考取的，将被选做官员。侥幸侯老先生的女儿待嫁，倘若能使侯翁将她许配给我，我就用百金来酬谢你。"媒婆允诺了，答应去对侯翁说。侯翁说："真的是做官的吗？拿文书来我看看。"王君没有办法了，只得对媒婆说了实话。媒婆说："不用烦恼，侯翁是德行高尚的人，不会怀疑别人欺骗他。我只要得到一卷文书，大致像告身的样子，我笼在袖子里去他家，侯翁看到文书也不一定要拿去细看，侥幸会听我的。"于是照着媒婆的计谋去办，侯翁望见文书半拢在媒婆衣袖中，果然相信她的话不再怀疑，说："可以了。"将女儿许配给王君。她生了三个孩子，一男二女，男孩三岁时就夭折了，长女嫁给亳州永城尉姚侹，小女儿才十岁。铭文说：

鼎不可用来支撑车子，马不可以用它守大门。身上带着佩玉，穿着长衫，不方便快步走，得不得其所只关系到他的遭遇，不关系到他是聪明还是愚笨。不适合人家的需要，有才能也不能施展。在石头上刻下墓志，把它埋进坟茔中。

柳子厚墓志铭

【题解】

唐宪宗元和十五年(公元820年),韩愈在袁州(今江西宜春)应刘禹锡之请写了这篇墓志铭。

墓志铭是一种文体。志,是叙述死者的生平业绩;铭,是对死者的悼念和赞颂。

柳子厚即柳宗元(公元773—819年),文学家、哲学家,河东解(今山西运城市解州镇)人。与韩愈是好朋友,但在对待顺宗朝以王叔文为首的政治革新问题上,二人的观点、态度不同。所以对柳宗元因革新运动失败遭到保守派打击、迫害的事,作者不仅不能洞见根本,反归结为柳宗元"勇于为人,不自贵重顾藉"所致。不过从全篇看,它反映出了柳宗元的杰出才干和优秀品德,肯定了他在柳州的政绩和他的文学成就。特别歌颂了他对友情的看重和无私,同时也抒发了作者对世事的感慨。

【原文】

子厚讳[1]宗元。七世祖庆,为拓跋魏[2]侍中,封济阴公[3]。曾伯祖奭[4],为唐宰相,与褚遂良、韩瑗俱得罪武后,死高宗朝[5]。皇考[6]讳镇,以事母弃太常博士,求为县令江南[7]。其后以不能媚权贵,失御史[8];权贵人死,乃复拜侍御史[9],号为刚直,所与游[10]皆当世名人。

子厚少精敏,无不通达[11]。逮其父时,虽少年,已自成人,能取进士第[12],崭然见头角[13]。众谓柳氏有子矣。其后以博学宏词授集贤殿正字[14]。俊杰廉悍[15],议论证据今古,出入经史百子,踔厉风发[16],率常屈[17]其座人。名声大震,一时皆慕与之交。诸公要人争欲令出我门下,交口荐誉[18]之。

贞元十九年,由蓝田尉拜监察御史[19]。顺宗即位,拜礼部员外郎[20]。遇用事者得罪[21],例出为刺史[22],未至,又例贬永州司马[23]。居闲,益自刻苦,务记览[24],为词章,泛滥停蓄[25],为深博无涯涘[26],而自肆[27]于山水间。元和中,尝例召至京师,又偕出为刺史,而子厚得柳州[28]。既至,叹曰:"是岂不足为政邪[29]?"因其土俗,为设教禁,州人顺赖[30]。其俗以男女质[31]钱,约不时赎,子本相侔,则没[32]为奴婢。子厚与设方计[33],悉令赎归。其尤贫力不能者,令书其佣[34],足相当,则使归其质。观察使下其法[35]于他州,比一岁,免而归者且[36]千人。衡湘以南为进士者,皆以子厚为师。其经承子厚口讲指画为文词者,悉有法度可观[37]。

其召至京师而复为刺史也,中山刘梦得禹锡亦在遣中[38],当诣播州[39]。子厚泣曰:"播州非人所居,而梦得亲在堂[40],吾不忍梦得之穷,无辞以白其大人[41]。且万无母子俱往理。"请于朝,将拜疏[42],愿以柳易播,虽重得罪,死不恨[43]。遇有以梦得事白上者,梦得于是改刺连州[44]。呜呼!士穷乃见节义。今夫平居里巷相慕悦,酒食游戏相征逐[45],诩诩强笑语以相取下[46],握手出肺肝相示,指天日涕泣,誓生死不相背负,真若可信。一旦临小利害,仅如毛发比,反眼[47]若不相识;落陷阱,不一引手救,反挤[48]之,又下石焉者,皆是也。此宜禽兽夷狄所不忍为,而其人自视以为得计。闻子厚之风,亦可以少愧[49]矣!

子厚前时少年,勇于为人[50],不自贵重顾藉[51],谓功业可立就,故坐废退[52]。既退,又无相知有气力得位者推挽,故卒死于穷裔[53]。材不为世用,道不行于时也。使子厚在台省[54]时,自持其身,已能如司马、刺史时,亦自不斥[55];斥时,有人力能举之,且必复用不穷[56]。然子厚斥不久,穷不及,虽有出于人,其文学辞章,必不能自力,以致必[57]传于后如今无疑也。虽使子厚得所愿,为将相于一时,以彼易此,孰得孰失,必有能辨之者。

子厚以元和十四年十一月八日卒,年四十七。以十五年七月十日归葬万年[58]先人墓侧。子厚有子男二人,长曰周六,始四岁;季曰周七,子厚卒乃生。女子二人,皆幼。其得归葬也,费皆出观察使河东裴君行立[59]。行立有节概,重然诺[60],与子厚结交,子厚亦为之尽,竟赖[61]其力。葬子厚于万年之墓者,舅弟卢遵。遵,涿人,性谨慎,学问不厌。自子厚之斥,遵从而家焉,逮其死不去。既往葬子厚,又将经纪其家,庶几[62]有始终者。铭曰:

是惟子厚之室,既固既安,以利其嗣人。

【注释】

[1]讳:回避、顾忌,对尊长的名字避开不直称为讳。此处指死者的名字。[2]拓跋:北魏王朝国君的姓。拓跋魏又称北魏。魏孝文帝改元姓后又称元魏。[3]济阴:北魏郡名,在今山东菏泽市。据柳宗元《先侍御史府君神道表》云:"先君讳镇字某。六代祖讳庆。后魏侍中平齐公。五代祖讳旦,周中书侍郎济阴公。"据此,封济阴公的应是柳旦。柳庆,字更兴,河东解人,后魏尚书左仆射,为侍中,封平齐公,是柳宗元的七世祖。[4]曾伯祖奭(shì):柳奭字子燕,先为中书舍人,后以外孙女王氏为唐高宗皇后,升中书令。王皇后被废,奭贬为爱州(今越南清化)刺史。后来许敬宗、李义府诬告他潜通宫掖,谋行鸩毒,与褚遂良朋比为奸,高宗遣使至爱州将他杀了。[5]褚遂良:字登善,官至尚书右仆射,因劝阻高宗立武则天为皇后,贬为潭州都督,后转为桂州都督。不久又贬为爱州刺史,死于爱州。韩瑗:字伯玉,官至侍中,因谏高宗废王皇后,又上书为褚遂良辩护,被贬为振州(今广东崖县)刺史,卒于振州。[6]皇考:死去的父亲。[7]柳镇为父亲柳察躬服丧,除服后,吏部命他为太常博士。他说:"尊老孤弱在吴,愿为宣城令。"三次拒辞获得同意,徙为宣城令。[8]权贵:指宰相窦参、御史中丞卢佋。柳镇为殿中侍御时,因不愿与窦、卢一同诬陷侍御史穆赞,并为穆赞平反了冤狱,被窦参以他事诬陷,被贬为夔州(今四川奉节县)司马。[9]唐德宗贞元八年,窦参获罪,贬为郴州别驾,后赐死邕州。柳镇复为侍御史。[10]所与游:所交往的人。[11]少:年轻时。精敏:精明敏捷。通达:通晓。无不通达:指他读书广博,无所不通。[12]逮:及、当。取进士第:唐德宗贞元九年(公元793年),柳宗元考取进士,时年二十一岁。[13]崭然:高峻的样子。见:同"现"。头角:比喻年轻人显露出来的才华。[14]博学宏词:吏部铨选人才的一种考试。录取博学而文章宏

丽的人。柳宗元于贞元十二年(公元796年)考取博学宏词科,授官职为集贤殿(收藏、整理图书的机构)正字(校正书籍的官员,从九品上)。[15]俊(jùn)杰:即俊杰。廉悍:峻峭猛烈。此处指人的风格、品性正直勇猛。[16]踔厉:指他议论言词奔放激烈如劲风奋发,畅行无阻。踔:腾跃、超越。[17]率常:经常,通常。屈:屈服。[18]出我门下:即做我门中弟子。交口:众口一词。荐:推荐。誉:赞扬。[19]蓝田:县名。在今陕西蓝田县。监察御史:贞元十九年,柳宗元实为监察御史里行(见习御史)。[20]顺宗:顺宗李诵于公元805年即位,在位不到一年。礼部员外郎:官职名,掌辨别和拟定礼制等事。[21]用事者:当权者。指王叔文、王伾、韦执谊等。二王系李诵为太子时属官。顺宗立,王叔文任户部侍郎,韦执谊为尚书左丞同平章事,更引进柳宗元、刘禹锡等新进士,推行新政,因而触犯了大官僚、宦官及藩镇的利益,这些势力联合起来迫使久病的顺宗退位。宪宗即位,将二王、韦、柳、刘等纷纷贬出京师,有的后来又遭杀害。这就是历史上有名的二王八司马事件。[22]例出为刺史:开始宪宗照例贬柳宗元为邵州刺史。例,照例、类比。[23]未至:还没有到达。永州:地名,在今湖南零陵县。司马:刺史的属官。[24]务记览:致力于读书。[25]为词章:写文章。泛滥:广博。停蓄:深厚。[26]涘(sì):水边。涯涘:指边际。[27]肆:不受拘束。[28]元和中:指元和十年(公元815年),柳宗元等人被召回长安,三月又将他们一起贬出京师。得柳州:柳宗元被贬为柳州刺史。治所在今广西柳州市。[29]是:指柳州。为政:做出好的政绩。邪:同"耶"。助词,表疑问。[30]因:依照。教禁:教令和禁令。顺赖:顺服、信赖。[31]男女:指子女。质:抵押。[32]约:约定,规定。不时赎:没有按期赎回。子本:利息和本钱。侔(móu):相等。没:没收。[33]与:为他们。设方计:想方设法。[34]书:记载。佣:出卖劳动力。此处指做工的时间,应得的报酬。[35]观察使:指桂管经略观察使。下其法:推广他的办法。[36]比:到、及。且:将近。[37]衡湘:指衡山、湘水。为进士者:赴进士试的人。法度:法则。此处指文章的章法。可观:值得欣赏。[38]中山:今河北定县,刘禹锡自称的故乡。刘梦得:刘禹锡的字。是柳宗元的好友,也是王叔文革新集团的重要成员。事败,被贬为朗州司马。召回京后,又被贬出京师。[39]诣:到。播州:在今贵州遵义县。刘禹锡被贬为播州刺史。[40]亲的堂:指母亲在世。[41]穷:走投无路。白:下对上诉说。大人:指长辈。[42]拜疏:上奏章。[43]易:换。重得罪:再次获罪。恨:遗憾。[44]白上者:指当时的御史中丞裴度上奏宪宗说:"禹锡诚有罪,然母老,其子为死别,良可伤。"宪宗因此让刘禹锡改任连州(今广东连县)为刺史。[45]平居:平时。慕悦:爱慕。征:邀请。逐:追随。[46]诩(xǔ)诩:用好话、大话讨好别人的样子。强:勉强。相取下:意谓相互表示居于对方之下。[47]反眼:翻眼。[48]陷阱:陷坑。引手:伸手。挤:推。[49]风:风范。愧:惭愧。[50]勇于为人:即指做人敢作敢为。[51]顾藉:顾惜系念。[52]坐:获罪。废退:被弃置不用。[53]推挽:推荐、援引。穷裔:边远的地方。[54]台省:台,御史台。省,中书省。唐时称中书省为西台,门下省为东台,尚书省为中台,三台合称为台省。集贤殿正字属中书省。监察御史里行属御史台。[55]自持:自己克制,保持一定的操守、准则。不斥:不会遭到贬斥。[56]不穷:不会处于困境中。[57]出于人:超过别人。辞章:诗、文的总称。自力:勉励、尽自己的力量。必:一定会。[58]万年:地名,在今西安市西北。[59]裴行立:绛州稷山(今山西稷山县)人,时任桂管经略观察使。[60]节概:节操。重然诺:重守信用。然和诺都是应许的意思。[61]为之尽:对他尽心尽意。赖:依靠。[62]卢遵:柳宗元的内弟。涿:今河北涿县。经纪:经工农业料理。庶几:也许可以谓为。

【译文】

　　子厚名叫宗元。他的七世祖柳庆,是北魏的侍中,加封济阴公。曾伯祖柳奭,是唐高宗时的宰相,因为和褚遂良、韩瑗一样得罪了武后,死在高宗当朝的时候。父亲名叫柳镇,因为要侍奉母亲,放弃做太常博士,请求改派在江南当个县令。这之后,又因为不会向有权有势的人献媚讨好,丢掉了御史的官职;直到有权势的人死了,才得以恢复侍御史的官职。柳镇有刚正耿直的名声,和他交往的都是当时的名人。

　　子厚年轻时就很精明敏锐,没有什么不知晓。当他父亲还在世时,他虽然年纪轻,但已经独立成人,有才干考取了进士,在士林中崭露头角。大家都说柳家有了能光耀门楣的儿子了。这以后通过博学宏辞科考试得授集贤殿正字的官职。他才能出众,方正勇猛,发表议论的时候总是引用古今事实和经、史、诸子百家的书来论证,见识高远,意气风发,常常使在座的人为之折服。他名声很响亮,同时代的许多人都倾慕他和他结交。那些显要的贵官也争着想把他收为自己的门生。众口推荐赞美他。

　　贞元十九年,他从蓝田县尉擢升为监察御史。唐顺宗即位,官拜礼部员外郎。碰到当权的人犯了罪,他也被照例贬黜为刺史,还未到达贬所,又被贬到永州当司马。处在闲暇的时候,更加刻苦用功;致力于背诵和阅读。写文章内容深厚广博,文笔汪洋恣肆,学问达到了深广无边的程度,且又无拘无束地游历于自然界的美景中间。元和年间,曾经按惯例被召回京城,又被一同派出去当刺史,子厚被派到柳州。到了那里,感叹说:"这个地方难道不能够做出好的政绩吗?"依照当地的习俗,为人民设立教化和禁令,柳州的百姓都顺服和信赖他。那个地方习惯用儿女做抵押去借钱,如果到期限不能来赎回,本钱和利息相等时,就将他的子女没收来当奴婢。子厚为他们想方设法,都叫他们把儿女赎回去。那些特别贫穷没有能力赎取的,就叫他们记下他在债主家帮佣的时间,等到报酬相当于赎金了,就叫债主放还他们的儿女。观察使把这种办法推行到其他州,到了一年,免除奴婢身份放回家的将近千人。衡山和湘江以南一带准备考进士的人,都拜他做老师。其中经过子厚讲解、指点的人写出的文章,都有章法,值得一读。

他在被召回京师又派出当刺史时,中山人刘禹锡也在被派遣之列,他应当到播州去。子厚哭着说:"播州不是人能居住的地方,而且梦得有母亲在家中,我不忍心看到梦得处于困境,无法向老人开口。而且也没有母亲和儿子必须一起去的道理。"决定向朝廷请求,准备上奏本,情愿以柳州换播州,虽然会因此重新获罪,但到死也不悔恨。正好碰上有人将梦得的情况上奏皇帝,梦得于是改任连州刺史。唉!读书人遇到了困境才看出节操义气。现在一般平平常常居住在一个地方的人,互相钦慕交好,经常一同吃喝玩乐,互相邀请,装出笑脸说出些亲近的话,显出谦逊的样子,甚至握着手,要把肝肺掏出来给对方看,指点着天上的太阳一边哭一边发誓说,是生还是死不互相背叛,那诚恳的样子好像很可信。一旦碰到小的利害冲突,小得只像一根汗毛一根头发那么大,也会反眼像不认识;落在陷坑里,不肯伸出手来救一救,反倒会推你下去后,又扔下石头来的人,到处都是啊!这是禽兽和夷狄之人都不忍心做的事,而这种人却自己认为做了一件巧妙的事。这种人听说了子厚的风格,也应该稍稍感到一点羞愧了吧!

子厚从前年轻时,做人敢作敢为,不顾惜看重自己,认为功名事业马上就可以成就,所以获罪被免职赶出朝廷。已经被贬,又没有与他互为知己的有势力、有地位的人推荐、提拔,因此终于死在穷困的边远地方。才干没有为当世所用,主张不能在当时得到推行。如果子厚在朝廷中为官的时候,能够自己克制,已经能够像做司马、刺史时那样谨慎,也就不会遭到贬斥;既已遭到贬斥,如果有人能够推荐他,也必定重新被朝廷起用,不会陷入绝境。然而子厚遭贬斥的时间如果不是很久,困境不是到了极点,虽然也会有超过别人的时候,但是他对文章写作一定不能竭尽全力,以达到现在这样必然会传诸后世的水平。即使让子厚实现他的愿望,在当时做将帅当宰相,以文章流传后世换取做将帅当宰相,什么是得什么是失,必定有人能分辨清楚的。

子厚在元和十四年十一月八日逝世,享年四十七岁。在元和十五年七月十日把灵柩送回万年县葬在祖先墓旁。子厚有儿子二人,长男名叫周六,才四岁;小儿名叫周七,子厚死后才出生。有女儿二人,都还幼小。他能够从柳州归葬到万年祖坟上,费用都出自观察使河东的裴立行君。立行为人有气节,讲信用,和子厚很要好,子厚对他也尽心尽意,结果竟是依靠他的帮助。安葬子厚于万年县的坟茔中的人,是他的内弟卢遵。卢遵是涿州人,性格谨慎,勤奋好学。自从子厚遭贬斥,卢遵就跟随着他在那里安了家,到他死都没有离去。已经使子厚葬入坟茔,又还要经营料理子厚的家务,也许可以称为是有始有终的人了。铭文说:

　　这里是子厚的墓室,又坚固,又安稳,为的是利于他的后代。

柳州罗池庙碑

【题解】

本文是唐穆宗长庆三年(公元823年),作者为柳州罗池庙落成写的碑文。

柳宗元,唐德宗贞元年间进士,曾任监察御史里行,因参与王叔文、王伾等革新失败,贬永州司马。后于唐宪宗元和十年迁任柳州刺史。与韩愈一同倡导古文运动,文章卓有成就。于宪宗元和十四年(公元819年)逝世。死后三年,柳州百姓在罗池旁建庙宇供奉他,于是请韩愈作此碑文。据传柳宗元已成为罗池神,极具神灵,能保事占地方风调雨顺。宋哲宗元祐七年(1092年),诏赐唐柳州刺史罗池神庙为灵文之庙。

碑文中,作者通过叙述柳宗元任柳州刺史,"不鄙夷其民,动以礼法",经过三年之后,"于是民业有经,公无负租,流逋四归,乐生兴事。宅有新屋,步有新船,池园洁脩,猪牛鸭鸡,肥大蕃息。子严父诏,妇顺夫指……城郭巷道,皆治使端正。"生动而概括地勾画出了当时柳州人民在他的治理下得到安居乐业的情景,反映出他的卓越才干和政绩,以及柳州百姓对他的感激爱戴。这也就是为什么将他尊为神,建庙而祀的原因。此文虽名为罗池神铭,实际上是作者对柳宗元的悼念,同时也委婉地表现了对朝廷不能任用人才的不满。

【原文】

罗池庙者,故刺史柳侯庙[1]也。柳侯为州,不鄙夷其民,动以礼法,三年,民各自矜奋[2],曰:"兹土虽远京师,吾等亦天氓,今天幸惠仁侯,若不化服[3],我则非人。"于是老少相教语[4],莫背侯令。凡有所为,于其乡闾,及于其家,皆曰:"吾侯闻之,得无不可于意否?"莫不忖度[5]而后从事。凡令之期,民勤趋[6]之,无有后先,必以其时。于是民业有经,公无负租,流逋四归,乐生兴事。宅有新屋,步有新船,池园洁修,猪牛鸭鸡,肥大蕃息[7]。子严父诏,妇顺夫指,嫁娶葬送,各有条法[8],出相弟长,入相慈孝[9]。

步时民贫,以男女相质[10],久不得赎,尽没为隶。我侯之至,按国之故,以佣除本,悉[11]夺归之。大修孔子庙,城郭巷道,皆治使端正。树以名木,柳民既皆悦喜。尝与其部将魏忠、谢宁、欧阳翼饮酒驿亭[12],谓曰:"吾弃于时,而寄于此,与若[13]等好也。明年吾将死,死而为神,后三年,为庙祀我。"及期而死[14]。

三年孟秋辛卯[15],侯降于州之后堂,欧阳翼等见而拜之。其夕梦翼而告曰:"馆[16]我于罗池。"其月景辰庙成,大祭[17]。过客李仪醉酒,慢侮[18]堂上,得疾,扶出庙门即死。

明年春,魏忠、欧阳翼使谢宁来京师,请书其事于石。余谓柳侯,生能泽其民,死能惊动福祸之,以食[19]其土,可谓灵也已。作迎享送神诗,遗柳民,俾[20]歌以祀焉,而并刻之。

柳侯,河东人,讳宗元,字子厚。贤而有文章,尝位于朝光显[21]矣。已而摈[22]不用。其辞曰:

荔子丹兮蕉黄[23],杂肴蔬兮进侯堂。侯之船兮两旗,度中流兮,风泊[24]之待。侯不来兮,不知我悲。侯乘驹兮入庙,慰我民兮,不嚬[25]以笑。鹅之山兮柳之水,桂树团团兮白石齿齿[26]。侯朝出游兮暮来归,春与猿吟兮,秋鹤与飞[27]。北方之人兮,为侯是非[28]。千秋万岁兮,侯无我违[29]。福我兮寿我,驱厉鬼兮山之左。下无苦湿兮,高无干秔[30]。稴充羡兮,蛇蛟[31]结蟠。我民报事兮,无怠其始,自今兮钦[32]于世世。

【注释】

[1]罗池庙:在今广西柳州市东,为当地名胜。唐时建庙,祭祀柳州刺史柳宗元。罗池,池名,庙建于池畔,因池得名。[2]柳侯为州:唐宪宗元和十年三月,柳宗元从永州司

马迁任柳州刺史。鄙夷：轻视，鄙薄。矜奋：勤奋努力。[3]天氓：皇帝的子民。侯：对士大夫的尊称，犹如"君"。化服：顺从教化。[4]语：指汉语。属汉藏语系，同我国境内的藏语、壮语、傣语、侗语、黎语、彝语、苗语、瑶语等及境外的泰语、缅语等都是亲属语言。柳州在今广西境内，是多民族聚居区，壮族占三分之一。当时岭南地区不开化，境内通行的是民族语言。[5]乡闾：即乡里。闾：周代二十五户为闾。二十五户也称里。可于意：心里满意。可：合宜。忖度：揣测，估量。[6]期：期限。勤：努力。趋：向、归附。[7]业：已经。经：治理。租：田赋，泛指一切赋税。流逋：流窜逃亡的人。乐生：乐于生活。兴事：发生变化。步：柳子厚《铁炉步志》："江之浒，凡舟可縻而上下曰步"一本作"涉"。俗：通"修"。蕃息：繁殖增多。[8]指：意向，指向。条法：规矩法度。[9]出：在外面。弟长：仁爱。孝慈：对上孝敬，对下慈爱。[10]步时：指柳宗元初到的时候。质：抵押人质。[11]佣：出卖劳动力。此处指出卖劳动力所得的报酬。除：扣除，抵消。悉：全部。[12]驿亭：古时供行旅途中歇宿的处所。[13]弃于时：被时代抛弃，指被贬谪。若：代词，你。[14]元和十四年十月柳宗元逝世。[15]三年：指唐穆宗长庆二年。孟秋：七月。辛卯。[16]馆：止宿。此指在罗池畔建庙。[17]太祭：隆重祭祀。[18]慢侮：轻视侮辱。[19]泽：恩惠。惊动：震惊而扰动。福祸：一作"祸福"。食：通"饲"，引申为保佑的意思。灵：神灵。[20]遗：送给。俾：使。[21]光显：光辉显耀。[22]摈：弃。[23]荔子：即荔枝。蕉黄：一本下有"叶"字。[24]风泊：顶风停泊。[25]驹：少壮的马。嚬：皱眉。[26]团团：聚集貌。齿齿：排列如像牙齿密聚整齐。[27]秋鹤与飞：一作"秋与鹤飞"。[28]北方之人：指京师的人。是非：说短道长。[29]无我违：不要与我远离。[30]干秅：枯竭的梗稻。秅：不粘稻。[31]稌：稻子。羡：羡余。正赋外的税收，唐时对百姓巧取豪夺的杂税。蛟：传说中的动物，能发洪水。一说为母龙。[32]钦：敬仰。

【译文】

　　罗池庙，就是祭祀已经过世的柳州刺史柳宗元的地方。柳侯做柳州刺史的时候，不轻视那个地方的百姓，用礼教法度去教育改变他们，经过三年，百姓各自勤奋努力，说："我们这个地方虽然远离京城，但我们也是天子的子民，现在上天给派来仁爱的柳侯，如果还不顺从教化，我们就不是人。"于是老人孩子互相教学汉话，不违背柳刺史的政令。凡是要做什么事，从他们的乡里到他们各家各户，都说："我们的刺史听到了，会不会心里满意呢？"没有不揣测之后才去做。凡是政令规定的期限，老百姓都努力赶着去实现，不分先后，一定按他的时限。于是老百姓已经得到治理，公家的赋税也没有亏欠，逃亡流窜的人也纷纷回来，乐于生活发生了许多变化。居住有了新房子,代步的有新船,池塘园林清洁整齐,猪牛鸭鸡长得肥壮繁殖增多。儿子遵守父亲的教诲,妻子顺从丈夫的意志,嫁女娶亲丧葬,各有规矩礼法,在外面互相问仁爱,在家里互相间父慈子孝。

　　他初到的时候老百姓很贫穷,常有子女作为抵押去借贷,到时候不能够赎取,就要被没收为家奴。柳侯到来后,按照国家的老规矩,用帮工来抵借债,全部争取回到自己家。又兴修孔子庙,城里城外小巷大街,都加以治理修筑使得端端正正。又栽种了许多好树,柳州的百姓都非常高兴。一次他曾经与他的部属魏忠、谢宁、欧阳翼在驿亭饮酒,对他们说:"我被时代抛弃,寄身在这里,和你们交好。明年我就要死去,死后会成为神。三年之后,建座庙宇祭祀我。"到第二年真的死了。

　　过了三年的七月辛卯日,柳侯降临在州府的后堂,欧阳翼等人看到他就跪拜。这天晚上托梦给欧阳翼说:"在罗池旁边给我建庙宇。"这个月的吉日良辰庙建成,举行隆重的祭祀。路过此地的客人李仪喝醉了酒,在庙上有轻视侮辱举动,立刻得了病,扶出庙门外就马上死了。

　　第二年春天,魏忠、欧阳翼派谢宁来京城,请求我写出柳侯的事迹刻在庙碑石上。我说柳侯,活着能给老百姓恩惠,死后还能降福消灾,来保佑那个地方,可以称作神灵了。我作了一篇迎享送神诗,送给柳州的人民,使他们歌吟来祭祀柳侯,并且刻在庙碑石上。

　　柳君,河东人,名宗元,字子厚。贤明能写文章,曾经在朝做官光辉显耀。不久遭到摒弃不任用。碑辞说:

　　荔枝红啊香蕉黄,和蔬菜一同送进君的庙堂。君的船啊插着两边旗帜,渡到中流啊,迎着风在停泊等待。君不见降临啊,不知道我的悲伤。君乘坐骏马啊进入了庙堂,安慰我们百姓啊,不皱眉头展笑颜。我们的山啊柳州的水,桂树聚集啊白石头整齐。君早上出游啊到晚归来,春天与猿歌吟啊,秋天与白鹤齐飞。北方的人啊,对君说短道长。千秋万岁啊,不要与我远离。赐福给我啊赐寿给我,驱逐恶鬼啊在山的左边。平地没有水淹的苦楚啊,高山没有稻子枯竭。稻子可以当作美羞啊,蛇和蛟盘曲而伏。我们百姓向君报告事情啊,像过去一样不懈怠,从今往后啊世世代代敬仰。